I0642885

LES DEUX
PETITS ROBINSONS

DE LA

GRANDE-CHARTREUSE

PAR

JULES TAULIER

OUVRAGE ILLUSTRÉ DE 60 VIGNETTES SUR BOIS

PAR E. BAYARD ET H. CLERGET

PARIS

LIBRAIRIE DE L. HACHETTE ET Cie

BOULEVARD SAINT-GERMAIN, N° 77

PRIX : 2 FRANCS

BIBLIOTHÈQUE ROSE ILLUSTRÉE

POUR LES ENFANTS ET POUR LES ADOLESCENTS

FORMAT IN-18 JÉSUS

On peut se procurer chaque volume, relié en percaline, tranches jaspées, moyennant 75 centimes ; en percaline, tranches dorées, moyennant 1 franc en sus du prix marqué.

Andersen. *Contes choisis*, traduits par Soldi. 40 vign. par Bertall.

Anonymes. *Chien et Chat*. 2e édition. 1 vol. traduit de l'anglais par Mme A. Dibarrart. 45 vignettes par Bayard.

— *Douze histoires pour les enfants de quatre à huit ans*, par une mère de famille. 3e édit. 1 vol. en gros caractères, 18 grandes vignettes par Bertall.

— *Les Enfants d'aujourd'hui*, du même auteur. 1 vol. 40 vign. par Bertall.

Anonyme. *Les Fêtes d'enfants*. Scènes et dialogues, avec une préface de M. l'abbé Bautain. 1 vol. illustré.

Aunet (Mme L. d'). *Voyage d'une femme au Spitzberg*. 1 vol. 35 vign.

Barrau (Th. H.). *Amour filial*, récits à la jeunesse. 1 vol. 41 vign. par Ferogio.

Bawr (Mme de). *Nouveaux contes*. 2e éd. 1 vol. 40 vign. par Bertall.

Beleze. *Jeux des adolescents*. 3e édition. 1 vol. 110 vignettes.

Bernardin de Saint-Pierre. *OEuvres choisies*. 1 vol. 70 vignettes par Bayard.

Berquin. *Choix de petits drames et de contes*. 1 vol. 40 vign. par Foulquier, etc.

Berthet (Elie). *L'Enfant des bois*. 2e éd. 1 vol. 61 vignettes.

Blanchère (de la). *Les Aventures de la Ramée*. 1 vol. 20 vignettes par Forest.

— *Oncle Tobie le pêcheur*. 2e édit. 1 vol. illustré.

Boiteau (P.). *Légendes recueillies ou composées pour les enfants*. 2e édition. 1 vol. 42 vignettes par Bertall.

Carraud (Mme Z.). *Historiettes véritables pour les enfants de 4 à 8 ans*. 2e édit. 1 vol. 94 vignettes par Fath.

— *La petite Jeanne, ou le Devoir*. 3e édit. 1 vol. 20 vignettes par Forest.

— *Les Métamorphoses d'une goutte d'eau, suivies des Aventures d'une Fourmi*, etc. 1 vol. 50 vignettes par Bayard.

Castillon (A.). *Les Récréations physiques*. 2e édition. 1 vol. 36 vign. par Castelli.

— *Les Récréations chimiques* (suite aux Récréations physiques). 1 vol. 34 vign.

Catlin. *La Vie chez les Indiens*. 2e édit. 1 vol. 20 vignettes.

Cervantès. *Histoire de l'admirable Don Quichotte de la Manche*, à l'usage des enfants. 1 vol. 54 vign. par Bertall et Forest.

Chabreul (Mme de). *Jeux et Exercices des jeunes filles*. 2e édit. 1 vol. 50 vign. par Fath et la musique des rondes.

Colet (Mme L.). *Enfances célèbres*. 5e éd. 1 vol. 57 vign. par Foulquier.

Contes anglais, trad. par Mmes de Witt. 1 vol. 30 vign. par E. Morin.

Edgeworth (miss). *Contes de l'adolescence*. 1 vol. 22 vignettes.

— *Contes de l'enfance*. 1 vol. 22 vignettes.

Fath (G.). *La Sagesse des enfants*, proverbes ill. de 100 vign. par l'auteur. 1 v.

Fénelon, *Fables*. 1 vol. 20 vignettes par Forest et E. Bayard.

Foë de . *Robinson Crusoé*. édit. abrégée. 1 vol. 40 vignettes.

Genlis (Mme de). *Contes moraux*. 1 vol. 40 vignettes par Foulquier, etc.

Gouraud (Mme Julie). *Cécile, ou la Petite Sœur*. 1 vol. 27 vign. par Desandré.

— *Le Petit Colporteur*. 1 vol. 30 vignettes par A. de Neuville.

— *Lettres de deux Poupées*. 2e édit. 1 vol. 53 vignettes par Olivier.

— *Les Mémoires d'un petit Garçon*. 2e éd. 1 vol. illustré par E. Bayard.

— *Les Mémoires d'un caniche*. 1 vol. illus. de 75 vign. par E. Bayard.

Grimm (les frères). *Contes choisis*. 1 vol. 40 vignettes par E. Bayard.

Hauff. *La Caravane*. 1 vol. 40 vignettes par Bertall.

— *L'Auberge du Spessart*. 1 vol. 61 vignettes par Bertall.

Hawthorne. *Le Livre des merveilles*. 2 vol. 40 vignettes par Bertall.

Hervé et de **Lanoye.** *Voyage dans les glaces du pôle arctique*. 2e édit. 1 vol. illustré de 40 vign.

Homère. *L'Iliade et l'Odyssée*, traduites par P. Giguet et abrégées par A. Feuillet. 1 vol. 23 vign. par Leberton, etc.

Isle (Mlle Henriette d'). *Histoire de deux âmes*. 1 vol. 53 vignettes par J. Devaux.

Lanoye (Ferd. de). *Les grandes Scènes de la nature*. 1 vol. avec vignettes.

— *La Sibérie*. 1 vol. 40 vign. par Leberton.

— *La Mer polaire, voyage de l'Erèbe et de la Terreur et expédition à la recherche de Franklin*. 2e édit. 1 vol. illustré de 28 vign. et accompagné de cartes.

— *Ramsès le Grand, ou l'Égypte il y a 3300 ans*. 1 vol. 40 vign. par Lancelot, etc.

LES DEUX

PETITS ROBINSONS

DE LA

GRANDE-CHARTREUSE

10733. — IMPRIMERIE GÉNÉRALE DE CH. LAHURE
Rue de Fleurus, 9, à Paris

LES DEUX
PETITS ROBINSONS

DE LA

GRANDE-CHARTREUSE

PAR

JULES TAULIER

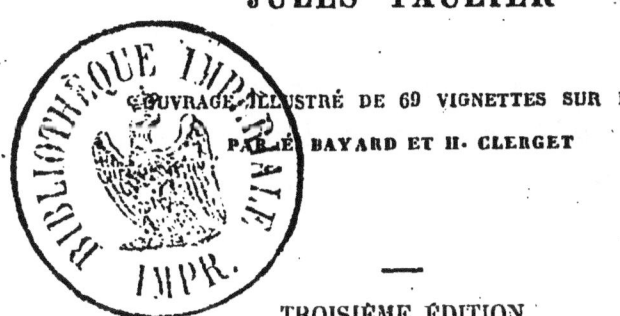

OUVRAGE ILLUSTRÉ DE 69 VIGNETTES SUR BOIS
PAR É. BAYARD ET H. CLERGET

—

TROISIÈME ÉDITION

—

PARIS

BRAIRIE DE L. HACHETTE ET Cie

BOULEVARD SAINT-GERMAIN, N° 77

—

1869
Droits de propriété et de traduction réservés

I

LE SIÉGE DE LYON.

C'était aux premiers jours d'octobre 1793.

Depuis deux mois, la ville de Lyon résistait avec une énergie désespérée aux troupes de la Convention qui l'assiégeaient.

Cette lutte fratricide, qui fit couler des torrents de sang et couvrit d'un voile de deuil cette funeste époque de notre histoire, touchait à sa fin. La dernière heure de Lyon allait sonner.

La ville presque entière était devenue un monceau de ruines au milieu desquelles s'agitaient les débris de sa population. Elle ne possédait plus que pour deux jours de vivres, et quels vivres! de la viande de cheval et quelque peu d'avoine. Les munitions étaient épuisées, et de dix mille combattants dont se composait l'armée des défenseurs de la cité aux premiers jours du siége, deux mille au plus étaient restés debout. Les autres étaient morts les armes à la main ou encombraient les hôpitaux que ne respectaient pas même les bombes des assiégeants.

Longtemps Lyon avait espéré des secours de la Savoie et de l'Italie. Mais c'en était fait, il ne fallait plus se flatter d'être secouru; il ne restait qu'à se rendre ou à mourir.

Le comte de Précy, gentilhomme du Charolais, ancien colonel du régiment des Vosges, commandait l'héroïque garnison de la noble cité. Jadis, au 10 août, il avait exposé sa vie pour le salut de son roi; mais, plus Français que tant d'autres, il n'avait pas maudit son pays en se réfugiant à l'étranger. Toujours prêt à lui sacrifier sa vie, il attendait, dans sa modeste retraite, que le moment fût venu de lui consacrer encore ses forces et son sang, quand Lyon l'appela à venir défendre sa liberté et son indépendance.

Il avait refusé d'abord. S'il se fût agi de lutter contre l'étranger, son cœur eût tressailli de joie. Mais c'était des Français qu'il fallait combattre et c'était le sang de ses compatriotes qui allait couler. Aussi avait-il résisté longtemps aux instances qui lui furent faites par les députés de Lyon. Vaincu enfin par sa destinée et sa haine pour l'op-

pression, il s'était décidé à accepter. Les députés
lui avaient dit : « Nous devions choisir entre la
tyrannie de la Convention et la mort, nous avons
choisi la mort. — Je l'accepte avec vous, » avait
répondu Précy.

Pendant deux mois entiers, jour et nuit sur
pied, excitant les combattants, veillant aux soins
à donner aux blessés, encourageant, ranimant la
population, enflammant du feu qui l'animait
l'âme de ses frères d'armes, il avait fait tout ce
que peut faire un grand et noble cœur pour le
salut de sa patrie. Mais la Providence avait décidé que Lyon expierait sa grandeur et sa prospérité passées et recevrait le sceau du martyre dans
la personne de ses plus intrépides enfants.

Dans la nuit du 8 au 9 octobre, pendant que la
municipalité lyonnaise traitait avec les assiégeants
pour la reddition de la ville, le comte de Précy
réunit autour de lui les derniers défenseurs de
Lyon et, à la tête de deux mille hommes environ,
il tenta de tromper la surveillance des camps ré-
publicains.

Il remonta la Saône, sur la route et dans la direction de Mâcon, par le faubourg de Vaise. Il
comptait atteindre la Suisse par les gorges du
Jura. Hélas! de ces deux mille braves qui suivirent ses pas et voulurent partager sa fortune, un
bien petit nombre put échapper aux troupes que

lé représentant Dubois de Crancé avait placées pour garder les passages. Nous verrons plus tard quel fut leur sort.

Cette guerre impie fut suivie de si affreuses exécutions, que la plume se refuse à les retracer.

L'armée républicaine, entrée dans Lyon, afficha d'abord une apparence de modération et de fraternité qui surprit les vaincus. On permit même à un grand nombre d'habitants, que leurs vœux ostensiblement manifestés pour les assiégés avaient compromis, de quitter la ville et de chercher au loin un refuge et un abri contre des poursuites éventuelles. On ordonna le respect le plus absolu des personnes et des propriétés, et l'on fournit des vivres en abondance aux malheureux affamés.

Mais la vengeance remplaça bientôt la générosité. Couthon, accusé de modération, fut rappelé à Paris. Il fallait du sang à ceux qui présidaient alors aux destinées de la France. Les représentants du peuple Collot-d'Herbois et Fouché furent envoyés par la Convention pour procéder au supplice de la malheureuse ville, et le sang ne tarda pas à inonder ses rues et ses places.

La guillotine fonctionnant trop lentement, les bourreaux appelèrent à leur aide le canon et la mitraille. Non contents de massacrer les hommes, on immola des femmes et des enfants, on démolit

Des prêtres déguisés y furent introduits. (Page 7.)

des quartiers entiers, on sembla vouloir effacer la ville elle-même, qui perdit jusqu'à son nom.

Toute une génération s'engloutit dans ces massacres. Le commerce et la bourgeoisie, le clergé et la noblesse, le peuple et l'armée, toutes les classes de la société fournirent un nombreux contingent de victimes. La religion et la charité, personnifiées dans de saintes femmes, déployèrent, dans ces tristes circonstances, un courage admirable. Pour soigner les malades, pour consoler et encourager ceux qui allaient mourir, elles pénétrèrent dans les prisons, dans ces terribles caves de l'Hôtel de ville où étaient entassés tant de malheureux qui allaient bientôt dire adieu à la vie. Des prêtres déguisés y furent introduits avec mystère pour réconcilier avec le ciel ceux que l'échafaud attendait. Ces pensées consolent l'âme attristée du souvenir de tant d'horreurs.

Dieu vous préserve, enfants qui me lisez, de voir revenir ces temps déplorables! Un jour vous verrez dans l'histoire les détails de ce siége mémorable, et en admirant la noble résistance et le courage des vaincus, vous maudirez la barbarie et les atroces vengeances des vainqueurs; puis vous remercierez le ciel qui vous a fait naître à une époque où de semblables malheurs ne sont plus à craindre.

Parmi les plus braves défenseurs de Lyon, le

comte de Meylan s'était fait remarquer par son
intrépidité et son sang-froid. Toujours prêt à
combattre, ne reculant devant aucun danger, devant aucune fatigue, il avait souvent, par son expérience et ses conseils, fait réussir des opérations
importantes. Quoiqu'il eût mille fois exposé sa
vie, il était sorti sans blessures de toutes les ren-
contres auxquelles il avait assisté. Marié à une
femme qu'il adorait, il était père de deux enfants :
un garçon, Albert, et une fille, qui avait reçu le
nom de sa mère, Mathilde.

Heureux au sein de sa famille, comblé de tous
les avantages de la fortune et de la naissance, il
n'avait pas hésité à tout sacrifier à la voix de sa
patrie qui l'appelait. Vaincu et proscrit, il ne lui
restait plus qu'à fuir. Mais il ne voulut pas que
sa malheureuse compagne et ses jeunes enfants
s'associassent à sa fuite périlleuse.

Quoique cette séparation lui causât un cruel
déchirement de cœur, il résolut de partir seul :

« Quitte, avait-il dit à sa femme, quitte Lyon.
A cause de moi tu y seras peut-être persécutée.
On ne te pardonnera pas mon dévouement à ma
ville natale. Réfugie-toi, avec nos enfants, à Grenoble. La Révolution n'a pas étendu ses fureurs
dans ces montagnes ; tu pourras y vivre en paix
en attendant des jours meilleurs. Si le ciel, qui
m'a protégé si visiblement jusqu'ici, me permet

La comtesse embrassa son mari en pleurant. (Page 11.)

de gagner la Suisse avec mes compagnons de dangers, quand l'orage sera passé, je reviendrai te rejoindre et des jours de bonheur pourront encore luire pour nous. »

La comtesse pria, pleura, supplia vainement son mari de lui permettre de l'accompagner. Le comte lui montra ses enfants : « Que veux-tu qu'ils fassent, lui dit-il, si nous périssons dans cette retraite si pleine de périls? Que deviendront-ils? » La comtesse baissa la tête et, la mort dans l'âme, se résigna.

Au point du jour, la colonne des fugitifs s'était formée sous les arbres du bois de la Claire. La comtesse embrassa son mari en pleurant, lui demanda de bénir ses deux pauvres enfants qui sanglotaient à ses côtés, et suivit longtemps des yeux cette moitié d'elle-même que quelque chose lui disait s'éloigner pour jamais; puis elle reprit lentement le chemin de Lyon.

II

DÉPART DE LA COMTESSE ET DE SES ENFANTS, SON VOYAGE, SA MORT.

Réunissant ses bijoux et tout l'argent qu'elle put se procurer, la comtesse de Meylan, fidèle aux recommandations de son mari, se hâta de sortir de la ville.

Profitant avec bonheur de la facilité accordée aux habitants, dans les premiers jours de l'occupation, par les troupes assiégeantes, elle se dirigea vers la capitale du Dauphiné. Elle partit sans regrets ; elle ne laissait rien à Lyon qui lui fût cher. Ses enfants la suivaient, son mari fuyait sur une autre route. Qu'aurait-elle fait dans l'enceinte dévastée de ces murs qui ne pouvaient lui rappeler que de tristes souvenirs?

Néanmoins elle s'éloignait lentement; il fallait ménager les forces de ses enfants. Albert avait douze ans et Mathilde dix. La raison précoce d'Albert s'était en outre développée rapidement dans ces deux derniers mois, pendant lesquels il avait été témoin des angoisses de sa mère et des malheurs de sa patrie. Doué d'une imagination vive et ardente et d'un cœur plein de sensibilité, il sentait qu'il n'était déjà plus un enfant et qu'il avait à consoler sa mère et à l'aider à veiller sur sa sœur.

Mathilde, douce et blonde enfant, s'étonnait de voir tant de pleurs autour d'elle depuis deux mois. Pourquoi son père avait-il abandonné sa mère? Pourquoi sa mère fuyait-elle loin de leur belle maison, à pied, mal logée le soir dans de mauvaises chaumières, mal couchée, mal nourrie? Pourquoi les hommes étaient-ils si méchants de faire ainsi pleurer sa mère et son frère? Elle ne comprenait rien à tout ce qu'elle voyait, mais son cœur était bien triste et bien serré.

A Bourgoin, nos fugitifs durent s'arrêter deux jours. Les petits pieds de Mathilde étaient enflés. Il fut impossible à la comtesse de trouver une voiture, une charrette; tout avait été enlevé par les troupes assiégeantes : on n'eût pas pu se procurer un cheval, un mulet, à dix lieues à la ronde.

Le temps était sombre et froid, l'automne se faisait déjà sentir, et Mathilde pleurait de chagrin autant que de fatigue ; néanmoins il fallait se hâter. Déjà des voix sinistres murmuraient aux oreilles de la malheureuse mère des nouvelles affligeantes : on parlait d'arrestations nombreuses faites dans les environs, de mesures cruelles ordonnées par la Convention ; il était prudent de s'éloigner le plus loin et le plus tôt possible. Aussi ne put-elle pas s'arrêter longtemps à Bourgoin, et soutenant, avec l'aide d'Albert, la pauvre petite dans sa marche, elle reprit le chemin de Grenoble.

De tristes pensées remplissaient son esprit. Qu'était devenu son mari ? Avait-il pu échapper aux colonnes ennemies envoyées à la poursuite des fugitifs ? Tantôt elle se le figurait expirant de douleur et de fatigue au bord d'un chemin, tantôt elle le voyait arrêté, traîné dans les rues de Lyon et massacré froidement par cette lie du peuple que toute révolution a le privilége de mettre au grand jour. Alors elle eût voulu mourir, mais la vue de ses deux enfants ranimait son courage, et elle luttait avec le désespoir de l'amour maternel contre la douleur et la fatigue.

A cette époque, les routes n'étaient pas entretenues comme elles le sont maintenant. Les auberges étaient rares, et il fallait marcher bien

longtemps avant de rencontrer un asile. Plus
d'une fois la pauvre mère s'estima bien heureuse,
elle, élevée au sein du luxe et de l'abondance, de
trouver une grange pour s'abriter le soir, un peu
de paille pour y dormir avec ses enfants, un peu
de pain noir pour apaiser leur faim et la sienne.
« Mon mari n'en a peut-être pas autant, » se disait-elle, et, pour reprendre des forces, elle faisait prononcer à ses enfants le nom de leur père,
puis s'endormait en pensant à lui.

Nul cependant ne fut insensible à sa peine, nul
ne l'insulta sur sa route. Même dans ces tristes
années où les sentiments de la nature furent ailleurs trop souvent oubliés, les Dauphinois surent
compatir aux maux des étrangers qui se réfugiè-
rent chez eux. La comtesse ne trouva que des
cœurs qui la plaignirent, que des mères qui la
secoururent. On connaissait déjà l'horrible dénoû-
ment de la noble résistance des Lyonnais; chacun
les admirait et applaudissait à leur courage, chacun
maudissait ces funestes divisions qui boulever-
saient ainsi la France, semant partout la ruine et
la désolation.

Ce triste voyage dura quinze jours. Quinze
grands jours, la pauvre comtesse dut se traîner
par les chemins, au soleil, à la pluie, séjournant
parfois un jour dans quelque maison isolée pour
y faire reposer ses enfants, puis reprenant sa

route, soutenant, encourageant sa fille et conso-
lant son fils, elle qui aurait eu si grand besoin d'être
encouragée et consolée. Elle ménageait ses ressources autant qu'elle le pouvait. Qui sait quand
elle reverrait son mari, quand il lui serait possible de rentrer dans la jouissance de sa fortune !

Elle dut s'arrêter encore à Voreppe, bourg
assez considérable, au pied des Alpes, à l'ouverture de la grande et riche vallée du Graisivaudan.
Ses forces diminuaient à vue d'œil et elle se de-
mandait avec effroi ce que deviendraient ses deux
pauvres enfants, si le ciel la retirait de ce monde.
A cette pensée, elle retrouvait de nouvelles forces
dans sa sollicitude maternelle, mais la fatigue
l'abattait bientôt de nouveau.

Un matin, le lendemain de son arrivée à Voreppe, un de ces mille petits journaux qui se ven-
daient alors dans les rues, et que leur bon marché rendait accessibles à toutes les fortunes,
lui annonça la défaite et la mort des compagnons
du comte de Précy. Elle acheta la feuille avec un
empressement fébrile et courut s'enfermer auprès
de ses deux enfants, pour lire ces pages funestes
qui allaient peut-être lui annoncer la perte de son
mari.

Elle lut en sanglotant le récit de cette triste
épopée. Le journal, véridique par hasard, n'a-
vait omis aucun détail. Il racontait d'abord la lutte

désespérée de l'arrière-garde commandée par le comte de Virieu, l'ami de son mari. Le comte de Virieu avait sans doute été tué, car il avait disparu sans qu'on eût retrouvé, ni son corps, ni ses armes, ni son cheval. Commandant en second pendant le siége de Lyon, le comte, comme je l'ai dit, était placé à la tête de l'arrière-garde dans cette déplorable retraite. Assailli à l'entrée des gorges de Saint-Cyr, par les troupes placées sous les ordres du représentant Reverchon, il avait succombé après la plus héroïque défense, et presque tous ses compagnons avaient été précipités dans la Saône ou fusillés dans les chemins creux et les vignes.

Le comte de Précy, plus heureux, avait franchi les redoutables gorges, mais non sans avoir perdu un grand nombre de ceux qui l'accompagnaient. Puis sa troupe s'était partagée à la sortie des défilés de Saint-Cyr. Une partie, se séparant de son général, avait franchi la Saône pour chercher un refuge de l'autre côté des Alpes. Pas un de ceux-là n'avait échappé. L'autre division, au nombre de quatre cents combattants, abandonnant ses chevaux et son artillerie, avait pris une direction opposée et marché vers les montagnes du Forez. Traqués, poursuivis sans relâche pendant quatre jours entiers, semant leur route de morts et de blessés, ils étaient parvenus enfin dans un lieu où ils croyaient pouvoir respirer. Hélas ! cent à peine entouraient encore leur général.

La résistance n'était plus possible, une fuite isolée pouvait seule leur offrir quelque chance de salut. Ils s'étaient embrassés une dernière fois, se donnant rendez-vous dans un monde meilleur, ensuite ils s'étaient dispersés dans les bois, les rochers, les cavernes des montagnes. Les troupes républicaines leur avaient donné la chasse, mais les paysans de ces localités, plus humains que ceux des environs de Lyon, leur avaient fourni des retraites et des vivres; quelques-uns étaient morts de leurs fatigues ou de leurs blessures, mais le plus grand nombre avaient été sauvés et erraient en ce moment sur la terre étrangère qui leur avait offert un asile. Le comte de Précy se trouvait parmi ceux qui avaient pu échapper à la mort, grâce au dévouement de deux de ses soldats, nés dans le pays, en connaissant les sentiers détournés, et qui avaient exposé leur vie pour sauver la sienne.

Cette lecture fut bien souvent interrompue par les larmes de la pauvre femme. Qu'était devenu le comte de Meylan? Dans laquelle des deux troupes avait-il été placé? Se trouvait-il au nombre des morts ou avait-il pu préserver ses jours? Le journal gardait le silence à cet égard et, à l'exception des noms de Précy et de Virieu, n'en citait aucun autre. Il répétait seulement que, des deux mille braves qui avaient cherché à se faire jour à travers les lignes de Dubois-Crancé et les paysans armés par le fanatisme révolutionnaire, on ne croyait pas que plus de cent eussent pu échapper à la mort. Un sauvé sur vingt! Le sort avait-il été favorable au père de ses enfants? Hélas! ce n'était guère probable. Elle était donc veuve, sans appui, sans soutien sur la terre! Qu'allait-elle devenir avec ses enfants!

Néanmoins elle surmonta sa douleur et se mit en route pour Grenoble, pâle, épuisée, se soutenant à peine, mais puisant dans le sentiment de ses devoirs de mère et dans l'amour de ses pauvres petits enfants, un courage surhumain.

A Grenoble, elle descendit dans une modeste auberge située à l'entrée de la ville. Elle se sentait en sûreté contre une persécution. On ne lui avait demandé ni son nom ni d'où elle venait. On s'en doutait peut-être, mais la compassion de son hôtesse la comblait de soins et d'égards. Rassurée d'un côté, elle tremblait de l'autre, car ses forces s'affaiblissaient de plus en plus. En vain, dans ses ferventes prières, implorait-elle de Dieu la grâce de vivre, non pour elle, mais pour sa fille et son fils; en vain s'efforçait-elle de prendre un air souriant pour tromper ses pauvres enfants que

ses larmes attristaient; il lui fallut bientôt comprendre l'horrible vérité!

Un médecin, appelé auprès d'elle, ne lui cacha
point qu'elle n'avait plus que quelques jours à

Le casque de Néron. — De Voreppe à Grenoble.

vivre et que tous les secours de l'art étaient im-
puissants contre le mal qui la tuait. A cette
affreuse sentence, la pauvre mère pleura amèrement en serrant ses deux enfants contre son cœur,
et se révolta un moment contre son sort. Tant de
maux à la fois avaient à la fin lassé sa résigna-

tion. Mais bientôt, rappelant les idées religieuses qui avaient contribué jadis au bonheur de sa vie et qui en faisaient maintenant toute la consolation, elle envisagea avec moins de désespoir le terrible moment de la séparation.

Ses deux enfants entouraient en sanglotant son lit de mort et ne pouvaient comprendre que leur mère allait les quitter. La comtesse prit leurs mains dans les siennes et, faisant signe qu'elle voulait parler :

« Mon enfant, dit-elle à Albert, tu es l'aîné, tu vas être le soutien et le protecteur de ta pauvre sœur, veille bien sur elle…. Qu'allez-vous devenir quand vous m'aurez perdue?… Écoute, Albert, Dieu a peut-être rappelé à lui ton père;… qui sait si tu le reverras jamais! mais il te reste un oncle, un frère de ton père; il est supérieur de l'ordre des chartreux, et le couvent qu'il habite n'est pas loin de Grenoble.

« Quand je ne serai plus, va le trouver et remets-lui cette lettre qui vous fera reconnaître. Les chartreux se sont constamment tenus à l'écart de toute politique. Grâce à l'obscurité et à la sainteté de leur vie, au bien qu'ils n'ont cessé de faire, à l'affection vive et profonde qu'ils ont su inspirer aux habitants de leurs montagnes, on ne songera pas à les persécuter et à les chasser de leur couvent. Tu trouveras près de ton oncle un

asile sûr et paisible ; là, tu pourras attendre avec
ta sœur le moment où Dieu rendra la paix à ton
pays. Ce moment ne peut pas être bien éloigné.
Si le ciel a voulu que ton père ait échappé à ses
ennemis, ton oncle vous réunira à lui, et vous
penserez quelquefois à la pauvre absente qui vous
bénira du haut du ciel.

« Tu prendras l'or et les bijoux qui me restent,
ils te serviront à faire la route sans trop vous
fatiguer. Ménage ta sœur, veille sur elle, aime-la
bien. Pauvre petite, elle n'a plus que toi et son
oncle. Et toi, ma bonne Mathilde, chéris tendrement ton frère, sois pour lui dévouée et obéis-
sante ; il va remplacer ta mère, il t'aimera comme
moi. Ne pleure pas trop. Si ce n'était la douleur
de vous quitter, mes enfants, je regarderais la
mort comme un bienfait.

« Albert, remarque bien la place où l'on m'en-
sevelira, et, plus tard, quand tu le pourras, tu
me feras transporter à Lyon, à côté de ta bonne
grand'mère.

« Adieu, Albert, adieu, Mathilde, que Dieu vous
protége et vous soutienne, et que mon souvenir
vous soit toujours cher. »

Épuisée par cet effort, elle ne put que serrer
les mains de ses enfants. Une demi-heure plus
tard, la pauvre mère n'était plus. Albert et Mathilde,
à genoux devant son lit, pleuraient et l'appelaient

Elle était allée les attendre dans le ciel. (Page 25.)

vainement, elle était allée les attendre dans le ciel.

Deux jours après on porta la comtesse à sa dernière demeure. Quelques personnes charitables s'étaient chargées de ce soin. Albert suivit avec sa sœur le modeste cortége jusqu'au cimetière et, fidèle à la recommandation de la mourante, marqua pieusement la place où ses restes mortels furent déposés. Ensuite il ramena sa sœur à l'auberge qui les avait accueillis et pleura amèrement, car il se sentait seul désormais au monde.

III

DÉPART DES ENFANTS POUR LA GRANDE CHARTREUSE.

Cependant Albert ne pouvait rester longtemps à Grenoble ; ses ressources se seraient bientôt épuisées, et d'ailleurs l'ordre de sa mère était toujours présent à son esprit : « Quand je ne serai plus, va à la Grande-Chartreuse, auprès de ton oncle ; tu trouveras là un abri sûr et paisible : si le ciel a voulu que ton père ait échappé à ses ennemis, ton oncle vous réunira à lui. » La raison précoce de l'enfant comprenait la sagesse de cette recommandation. Aussi, dès qu'il vit sa petite sœur bien reposée et un peu consolée, se mit-il en devoir d'obéir.

Après avoir soldé le compte de ce qu'il devait à

la bonne hôtesse qui avait si bien accueilli et soigné sa mère, payé les frais divers que les funérailles de celle-ci avaient nécessités, il fit un paquet de ses effets et de ceux de sa sœur, ensuite enveloppant pieusement tout ce qui lui restait de ceux de sa bonne mère et qu'il ne devait pas songer à emporter avec lui, il les confia à son hôtesse, la priant de lui garder soigneusement ces chères reliques que son père, sa sœur ou lui réclameraient quelque jour.

Émue jusqu'aux larmes, la bonne femme lui promit d'y veiller avec le plus grand soin. Elle leur donna des provisions pour la route, les embrassa avec affection, et les regarda s'éloigner les larmes aux yeux. Si jeunes, au commencement de l'hiver, comment sortiraient-ils de ces chemins de montagnes? Elle avait bien essayé de retenir Albert au moins pendant la saison rigoureuse qui allait commencer, mais le pieux enfant, obéissant aux dernières paroles de sa mère, avait refusé. D'ailleurs la Grande-Chartreuse n'était pas sans doute bien loin, et là il n'aurait plus besoin de rien.

Il se mit donc en route ; le cœur bien gros, car il pensait à sa mère : c'était avec elle qu'il avait voyagé jusqu'alors depuis Lyon, c'était dans ses regards qu'il puisait toute sa force, c'était elle qui essuyait ses larmes par ses baisers, et maintenant il devait cacher sa douleur pour ne pas trop affliger la pauvre Mathilde; maintenant, au lieu de recevoir d'une autre de la force et du courage, il lui fallait en donner à sa petite sœur.

Il suivit d'abord la longue rue Saint-Laurent, au bout de laquelle se trouve une des portes de la ville. Une fois délivré de ces hautes maisons qui emprisonnaient sa vue et gênaient sa respiration, il se sentit plus libre et plus dégagé; il voyait la campagne, l'eau, la verdure, il souffrait moins.

Ils traversèrent le village de la Tronche, qui borde la grande route et qu'a consacré le souvenir du martyre de saint Ferjus.

L'air calme et assuré d'Albert, la petite figure triste et douce de Mathilde, intéressaient tous les passants; on s'étonnait de voir ces deux enfants cheminant seuls, chargés de leur petit paquet et se tenant par la main. A toutes les questions, Albert répondait : « Nous venons de perdre notre mère, nous allons rejoindre notre oncle.

— Et où demeure-t-il, votre oncle?

— A la Grande-Chartreuse. Est-ce encore bien loin? »

Et chacun s'empressait de lui enseigner le chemin qu'il fallait suivre.

On était au milieu de novembre, l'air était tiède et pur, le soleil brillait encore de tout son éclat,

(Grenoble vue de la Bastille).

mais les feuilles rougies des arbres indiquaient la venue de l'automne et l'approche de l'hiver.

Nos deux enfants s'avançaient tristement, sans faire attention à ces derniers sourires de la nature; tous deux, la tête baissée, songeaient à leur isole-

Bords de l'Isère. — Le mont Saint-Eynard.

ment; Albert seul reportait parfois sa pensée sur ce qu'il savait de son père. « Il vit peut-être encore, lui avait dit sa mère. Puisse-t-il avoir échappé aux coups de ses ennemis! Puissiez-vous le retrouver bientôt, pauvres enfants! »

A partir de la Grande-Tronche, la route tourne
à gauche et commence à gravir le bas de la montagne de Rachais, se dirigeant, par le hameau de
Chantemerle, vers les gorges du Sappey.

Arrivés au sommet de la montée des Combettes,

Environs de Grenoble.—Mont Saint-Eynard et coteau de Fleury.

ils firent halte tous les deux, et Albert, pour distraire un peu Mathilde, voulut lui faire admirer
le beau panorama qui s'étendait devant leurs
yeux : la plaine magnifique au fond de laquelle
est bâtie la ville de Grenoble, le vaste cirque de

montagnes qui se déploie tout autour, ces hautes cimes neigeuses qui se cachent dans les nuages, Saint-Nizier, la Moucherolle, l'Obiou, les pics de Serre et de Lavaldens, la masse imposante de Taillefer, Chanrousse, le mont Colon, Belledonne et la Grande-Lance, que couvraient déjà les premières neiges de l'automne, puis les immenses forêts de sapins qui s'étendent au pied de ces rochers, et, plus bas, des coteaux encore verts, des châteaux, des maisons de campagne; dans le fond, le Drac aux ondes rapides, et tout près d'eux, les mille contours gracieux de l'Isère.

En vain Albert s'efforçait d'attirer l'attention de sa sœur sur ce spectacle grandiose auquel ils n'avaient pas été accoutumés à Lyon; en vain, refoulant les larmes qui lui venaient aux yeux, s'efforçait-il de sourire pour l'égayer, la pauvre petite ne pouvait détacher ses regards de dessus la ville. C'est là qu'elle avait cessé de voir sa mère, c'est là qu'elle l'avait laissée, et elle baissait tristement la tête en répétant son nom.

Albert sortit de son petit sac de voyage quelque peu de ces provisions que la prévoyance de leur bonne hôtesse y avait placées, et tous deux mangèrent, le cœur bien gros, en se rappelant les caresses et les baisers dont leur mère accompagnait naguère chacun de leurs repas; ils burent ensuite, dans le creux de leur main, l'eau du petit ruisseau qui descend de Chantemerle, et ils se remirent en route.

Au sommet de la montée qui conduit au pied de la montagne de Saint-Eynard, une bonne femme les arrêta et les fit entrer un moment chez elle pour les faire réchauffer : le froid du matin les avait glacés. Là, on leur fit mille questions auxquelles Albert répondit avec la même douceur et la même tristesse, et ils sortirent réconfortés par la chaleur du foyer et par de bonnes paroles.

Bientôt ils atteignirent les premières maisons du Sappey. Ils allaient lentement. Le chemin était rude et les cailloux bien durs pour leurs petits pieds.

« Est-ce encore bien loin, frère? disait Mathilde; sommes-nous pas bientôt arrivés?

— Bientôt, petite sœur, » répondait Albert, et il n'osait questionner les passants de peur qu'une réponse brutale ne vînt désespérer la pauvre Mathilde.

« Notre oncle, au moins, voudra-t-il nous recevoir? Nous croira-t-il quand nous lui dirons que nous sommes ses neveux? Il ne nous a jamais vus, et s'il allait nous refuser !

— Et pourquoi, petite Mathilde, veux-tu qu'il nous repousse? Nous avons la lettre que notre mère nous a donnée. D'ailleurs, il est si bon,

Grand-Logis, entrée du désert par le Sappey. (Page 37.)

qu'il plaindra de pauvres enfants comme nous et ne nous fera pas pleurer. Courage, sœur, avançons. »

Un cultivateur, qui se rendait à son champ, à une heure de là, leur permit de monter sur son traîneau ; ce secours leur fut bien utile, car il leur épargna une grande partie de cette interminable et pénible montéé qui, des premières maisons du Sappey, conduit jusqu'au commencement de la forêt des Portes. Là, l'homme s'arrêta et leur souhaita un heureux voyage.

Ils recommencèrent à marcher. Le vallon se resserrait de plus en plus ; au loin, à leur droite, ils voyaient, au delà d'une petite plaine, le village du Sappey, dont le clocher élevait dans les airs sa flèche aiguë ; au devant d'eux était un escarpement de gazon parsemé d'une multitude de petits sentiers tracés par les mulets ou les piétons. Ils le gravirent péniblement. Leur cœur était de plus en plus attristé par ce que leur avait dit l'homme au traîneau, qu'ils ne pourraient pas arriver ce jour même au couvent de la Grande-Chartreuse, et qu'ils devraient forcément coucher au hameau des Cottaves.

Au haut de cet escarpement, ils suivirent un chemin profondément encaissé et plein de boue. Les souliers de la pauvre Mathilde faillirent plusieurs fois y rester enfoncés. A droite et à gauche

de ce chemin, s'élevait une épaisse forêt de sa
pins, par-dessus la tête desquels se voyaient les
grandes cimes des montagnes couvertes de rochers et de neiges.

Deux heures sont nécessaires à un marcheur
ordinaire pour aller du Sappey à la vaste forêt de
Portes, qui couvre le haut du plateau après lequel la route va en descendant jusqu'à l'entrée du
désert de la Grande-Chartreuse; mais nos petits
voyageurs en mirent plus de six à faire ce trajet.

A chaque instant, la blonde tête de Mathilde se
penchait sur l'épaule de son frère; ses jambes se
dérobaient sous elle :

« Frère, disait-elle, je ne peux plus marcher,
arrêtons-nous.

— Allons, courage, petite sœur, nous nous re-
poserons là-bas au pied de ce grand sapin que tu
vois devant nous. »

Arrivée au pied du sapin, Albert trouvait encore
un prétexte pour l'amener plus loin, et le chemin se faisait ainsi. Cependant il fallait bien souvent aussi s'arrêter, et Mathilde ne voulait plus
se lever, tant elle se sentait fatiguée.

Au col de Portes, la forêt ne cesse pas, mais
l'espace s'élargit un peu. A droite, s'élève le pic
de Chame-Chaude; à gauche, la belle montagne
qui mérite si bien son nom de Charmanson. La
solitude, le silence, l'isolement agissaient sur

l'âme de nos deux enfants ; mais Albert dissimulait ses impressions et ne pensait qu'à rassurer sa sœur.

Pas un village ne s'offrait à leurs regards ; pas même une chaumière, toujours des bois et quelques ruisseaux qui coupaient le chemin et le rendaient souvent impraticable. Seule, l'odeur des sapins, apportant ses parfums balsamiques à leur odorat, leur causait une impression étrange. Eux, enfants d'un pays de plaine, où les coteaux passaient pour des montagnes, ne voyaient, depuis un mois, que des sommets comme leur imagination n'en avait jamais rêvé. Et encore, depuis deux jours, ces sommets semblaient se rapprocher de plus en plus et leur barrer le passage. Jamais ils ne s'étaient fait l'idée d'une solitude pareille.

Mathilde ouvrait de grands yeux et répétait à chaque instant :

« Albert, c'est donc bien loin la Grande-Chartreuse, nous n'y arriverons jamais !

— Patience, répondait l'enfant, aussi troublé, aussi inquiet que sa sœur ; notre mère nous y conduira bien. Ne le sais-tu pas, Mathilde ? elle a dit qu'elle ne nous quitterait pas, qu'elle ferait la route avec nous, seulement que nous ne la verrions pas. Que doit-elle penser en t'entendant pleurer ? »

Et la pauvre petite se hâtait d'essuyer ses larmes, pour que sa mère ne s'affligeât pas en la voyant se désoler.

En face de Chame-Chaude au milieu de la forêt de Portes, au bord du chemin, existe une source qui sort de terre au milieu des herbes. Les passants se reposent d'ordinaire auprès d'elle. C'est là qu'Albert s'arrêta avec sa sœur, et ils y firent encore un modeste repas avec les provisions que renfermait leur petit sac de voyage.

Mais le jour s'avançait. Déjà le soleil menaçait de s'enfoncer derrière les montagnes ; il fallait se hâter pour arriver avant la nuit au hameau des Cottaves, le seul endroit où, selon l'homme au traîneau, les deux enfants pourraient passer la nuit. Les ténèbres n'effrayaient point Albert ; son père, homme d'une âme fortement trempée, l'avait de bonne heure prémuni contre la frayeur et lui avait inspiré une fermeté que l'on rencontre rarement chez les jeunes gens de son âge. En outre, les événements auxquels il avait assisté pendant le siége de Lyon l'avaient aguerri de bonne heure ; mais il craignait pour sa sœur, enfant frêle et timide.

Mathilde consentit donc à se remettre en marche ; d'ailleurs, la vue de quelques masures qu'elle prit pour des maisons lui donna un peu de force et de courage : c'étaient de pauvres chaumières cou-

vertes en *essandoles* ou minces planches de sapin,
quelques-unes en chaume ; mais leur aspect était si
misérable, si repoussant, qu'Albert ne voulut pas
s'y arrêter.

Ils traversèrent ainsi trois petits hameaux : les
Guillets, les Revols, les Marrons. Devant eux se
dressait le Grand-Som, haute cime qui domine le
couvent de la Grande-Chartreuse. Cette vue impressionna Albert, car on lui avait dit, en effet, que
le couvent vers lequel il se dirigeait était situé au
pied de cette montagne.

Enfin, ils arrivèrent au hameau des Cottaves.
Une maison de modeste apparence et que l'on appelait l'auberge du village, leur ouvrit sa porte
hospitalière. Un bon feu ranima leurs forces, et
bientôt, à la vue d'une soupe bien chaude, ils ou-
blièrent leurs fatigues et les angoisses passées.
Les maîtres de l'auberge questionnèrent aussi nos
enfants et parurent, comme tout le monde, surpris de ce pèlerinage entrepris par eux à travers
ces montagnes d'un accès si pénible. Ils avaient
vu passer, trois jours auparavant, des soldats qui
avaient marché toute la nuit, et qui se dirigeaient
du côté du couvent; ils ne savaient pourquoi. Le
surlendemain, ces soldats étaient revenus pendant
le jour. Quel était le motif de leur présence dans
ce désert? Pourquoi ce prompt retour? Nul n'a-
vait trouvé de solution à ces questions.

Aussi pressèrent-ils bien fort Albert et Mathilde d'attendre chez eux quelques jours pour savoir si les Chartreux n'avaient pas été chassés de leur couvent ; mais Albert s'y refusa obstinément.

« Maman nous a dit bien souvent que les Chartreux ne seraient pas inquiétés dans leur solitude ; qu'il fallait aller trouver notre oncle : nous ne voulons pas lui désobéir. D'ailleurs, petite mère nous voit, ajoutait Mathilde, et elle pleurerait si nous lui désobéissions. »

Ils passèrent la nuit, non dans un lit, on ne connaît pas les lits dans ces montagnes, mais sur une couche épaisse de foin odorant. Le sommeil de l'innocence vint promptement fermer leurs paupières. Avant de s'endormir, tous deux élevèrent leur cœur vers Dieu et répétèrent la prière que leur mère leur avait tant de fois fait redire sur ses genoux. Albert y joignit un souvenir à son père, qui, dans ce moment peut-être, errait comme lui et cachait son nom dans d'autres montagnes.

Le lendemain, le soleil les réveilla ; ils déjeunèrent chez leur hôte : du beurre, du fromage, du pain noir et durci, dont ils se firent céder une moitié, composèrent ce repas, puis ils se dirigèrent de nouveau vers le lieu où ils tendaient, malgré les nouvelles instances que l'on fit pour les retenir.

Les rudes montées avaient cessé ; le chemin était

en plaine ou en descente, mais pavé de grosses pierres et envahi par les eaux d'une multitude de petites sources. Néanmoins leur fatigue était moins grande que la veille, et ils sentaient qu'ils approchaient.

Au loin, ils découvraient une multitude de maisons aux toits gris, éparses sur le penchant de deux montagnes. Bientôt une petite chapelle, dédiée à saint Hugues, s'offrit à eux sur le bord du chemin. La Révolution avait respecté, dans ce désert, les emblèmes de la religion. Les enfants s'agenouillèrent devant ce modeste oratoire et demandèrent à Dieu la force d'arriver jusqu'au bout de leur pèlerinage.

IV

LE DÉSERT, LA COURRERIE.

A quelques pas plus loin, ils virent tout à coup se dresser devant eux deux rochers presque perpendiculaires, d'une hauteur effrayante. Ces rochers étaient tellement rapprochés par leurs sommets, qu'ils semblaient intercepter tout passage et fermer complétement la vallée. Le torrent du Guiers-Mort coulait à leur base et occupait seul l'étroit espace qui les séparait.

Il aurait été impossible de pénétrer plus avant dans le désert, si les Chartreux n'avaient pas fait construire un pont solide au moyen duquel on passait sur la rive droite du torrent. A chacune des deux entrées de ce pont se trouvait un bâtiment aux murs duquel existaient encore des meurtrières qui servaient à en défendre l'accès; les portes en étaient fermées tous les soirs, et un gardien était chargé d'y veiller.

Les Chartreux avaient voulu par là, selon les uns, s'isoler plus complétement du monde en interdisant l'entrée de leur désert; selon d'autres, ils n'avaient eu pour but que de se mettre à couvert des attaques, soit de la bande du fameux Mandrin, soit des protestants qui, plus d'une fois, pénétrèrent dans leur retraite, brûlèrent leur couvent, et ravagèrent leurs propriétés. Ces meurtrières que nous avons dit exister encore aux murs des bâtiments qui ferment ce passage et la solidité de leur construction, rendent plus probable cette dernière opinion.

Quand les deux enfants se présentèrent pour passer, les portes étaient ouvertes, le passage libre et la maison du gardien déserte. Ils n'osèrent pas appeler et traversèrent tout tremblants le pont du torrent, mais l'imposante majesté de ce lieu les impressionna vivement. Il était trois heures après midi, le soleil éclairait de ses derniers rayons la cime des sapins et, au pied de ces rochers, il faisait si sombre qu'on se serait cru en pleine nuit. Le fracas du torrent qui se brisait contre les rocs énormes dont son lit était encombré, le bruit d'une source considérable qui sortait du rocher près de la tête du pont et allait précipiter ses eaux dans celles du Guiers, la solitude, l'étrangeté de ce lieu, tout contribuait à effrayer nos petits voyageurs. Albert tremblait presque autant que sa sœur, mais faisait bonne contenance pour la rassurer.

Au delà du pont, le chemin suit le bord du torrent en s'élevant de plus en plus ; on aperçoit quelque temps encore ses eaux blanches d'écume à travers les sapins qui croissent sur ses rives, puis on ne fait plus que l'entendre, et enfin on s'en sépare tout à fait, car il a fait un coude pour se diriger vers le village de Saint-Laurent-du-Pont, situé de l'autre côté de la montagne.

Ce sont les Chartreux qui ont construit ce chemin qu'il leur a fallu conquérir sur le torrent d'un côté et le rocher de l'autre. Les enfants avançaient toujours en se tenant par la main et se confiant à la divine Providence ; la pensée de leur oncle, qu'ils allaient revoir, affermissait leur courage et leur donnait des forces ; les dernières paroles de leur mère les rassuraient encore.

Albert parfois ne pouvait s'empêcher de comparer le silence et la paix profonde de ces lieux déserts avec tout le fracas qui avait retenti à ses oreilles pendant ces deux longs mois du siége de Lyon ; et quand sa pensée se reportait sur ces jours de fatale mémoire, il lui semblait rêver. Mais l'absence de son père, la mort de sa mère ne le rappelaient que trop à une triste réalité.

Ils avaient marché si lentement, ils s'étaient arrêtés si longtemps en chemin, que la nuit les surprit à quelques pas d'un immense bâtiment, au-dessus de la porte duquel était une statue de la sainte Vierge tenant son fils dans ses bras ; ils se crurent arrivés et la joie remplit leurs cœurs.

La porte était toute grande ouverte, un ouvrier en sortait emportant sur ses épaules un énorme faix.

« N'est-ce pas le couvent de la Grande-Chartreuse ? lui demanda Albert, tandis que Mathilde, toute tremblante, se cachait derrière son frère.

— Non, répondit l'homme, le couvent est plus haut ; » et il continua précipitamment son chemin.

« Il faut donc encore marcher ! s'écria douloureusement Mathilde : je n'en puis plus, Albert ; arrêtons-nous ici. On nous y recevra peut-être : entrons. »

Et elle entraîna son frère dans la vaste cour qui s'étendait devant eux.

Là, ils appelèrent. Personne ne répondit à leur voix. Toutes les portes de ces immenses bâtiments étaient ouvertes, un air de désolation régnait partout. Pendant longtemps ils n'osèrent se hasarder à entrer ; enfin Albert dit à Mathilde :

« S'il n'y a personne, que risquons-nous ? s'il y a quelqu'un, on ne fera pas de mal à deux pau-

vres petits enfants comme nous. Viens donc, Mathilde, n'aie pas peur. »

Il pénétra dans la première pièce qui se trouvait devant lui. C'était une grande cuisine. Un feu
mal éteint brûlait encore dans l'âtre de la haute
cheminée, un tas de bois refendu se trouvait dans
la cour à la porte même de cette cuisine. Albert,
enhardi par l'absence de tout habitant de cette
demeure mystérieuse, jeta du bois dans la cheminée, Mathilde et lui soufflèrent le feu et bientôt
une flamme vive et pétillante réjouit le cœur de
nos deux orphelins.

Mathilde souriait en avançant et en retirant ses
petites mains, une douce chaleur la reposait de
ses fatigues, mais la faim se fit bientôt sentir.

« Frère, n'as-tu plus rien dans tes poches, dit-
elle, je mangerais bien. »

Hélas ! Albert aussi avait bien faim ; il eut beau
tâter ses poches, fouiller dans son petit sac, il n'y
avait plus rien, ils avaient consommé en route le
peu de provisions qu'ils avaient achetées au hameau des Cottaves.

« Qu'allons-nous devenir ? dit en pleurant la
pauvre Mathilde. Nous allons donc mourir comme
maman ! Et notre oncle, pourquoi n'est-il pas ici
comme elle nous l'avait dit ?

— Il ne peut pas être bien loin, petite sœur ;
pourquoi pleures-tu ? L'homme que nous avons

Bientôt une flamme vive et petil'ante réjouit le cœur de nos deux orphelins. (Page 48.)

vu tout à l'heure nous a dit que la Chartreuse
était un peu plus haut, nous y serons demain.
En attendant, nous sommes seuls ici; repose-toi
et essaye de dormir. Demain nous déjeunerons
mieux avec notre oncle. »

La perspective de ce déjeuner du lendemain
sourit peu à la pauvre enfant, et ses larmes con-
tinuèrent à couler.

Tout à coup Albert, qui depuis quelques moments inspectait la nouvelle habitation, s'écria :

« Petite sœur, du pain, du fromage, des pommes,
du vin ! viens voir.

— Oh ! quel bonheur, frère ! Est-ce bien vrai
au moins ? »

En effet, c'était bien du pain, du vin, des fruits
qui se trouvaient dans un petit cabinet attenant
à la pièce dans laquelle ils se trouvaient. Le pain
était sec et dur, mais quand on est jeune et qu'on
a faim, on n'y regarde pas de si près.

Cependant, avant de s'en emparer, un remords
saisit les deux enfants :

« Ce n'est pas à nous tout cela, dit Albert; nous
allons donc le voler.

— C'est vrai, disait Mathilde, mais nous ne
pouvons cependant pas mourir de faim à côté de
ces provisions que le bon Dieu semble nous envoyer.

— Bah ! s'écria Albert, mangeons toujours, nous

payerons; j'ai de l'argent. Nous n'avons dépensé que bien peu de celui que j'ai emporté de Grenoble. Si le maître d'ici survient, nous lui dirons que nous sommes deux orphelins; que nous venons de Lyon chercher notre oncle qui demeure à la Grande-Chartreuse; que nous mourions de faim en arrivant ici, et il acceptera notre argent sans se mettre en colère. J'ai entendu dire souvent à notre père que quand on payait on ne volait pas. Mange donc, petite sœur, et ne te chagrine pas. »

Les deux enfants mangèrent, rassurés par cette réflexion. Le vin leur rendit un peu de gaieté, le feu les délassa de leurs fatigues. Sentant que le sommeil gagnait Mathilde, Albert la transporta dans une grande armoire fermée par des rideaux et au fond de laquelle se trouvaient une paillasse et deux couvertures. Il l'étendit avec précaution sur cette couche qui avait servi naguère à l'un des habitants de cette maison; ensuite, après avoir eu soin de fermer la porte et de recouvrir le feu avec de la cendre, il s'étendit à son tour sur un banc, la tête appuyée contre le lit où dormait Mathilde.

La maison dans laquelle étaient entrés nos deux petits voyageurs s'appelait alors et s'appelle encore la Courrerie. C'était la résidence du père procureur de la Grande-Chartreuse, qui portait le

L'intérieur du désert de la Grande-Chartreuse.

nom de dom Courrier et qui était l'économe et l'homme d'affaires de la maison. Située dans une position abritée contre les vents froids du nord, et mieux exposée au soleil que le couvent, la Courrerie jouissait d'un climat plus tempéré et plus favorable à la santé. Aussi est-ce là que l'on envoyait les religieux âgés ou dont l'état maladif réclamait plus de soins et certains adoucissements à l'austérité de la règle.

Les bâtiments s'étendaient autour d'une vaste cour, au fond de laquelle était une église. Il s'y trouvait des ateliers nombreux où se fabriquaient des draps, des toiles, des souliers, des vêtements pour les Chartreux et pour les pauvres, auxquels ils les distribuaient gratis. Ils y avaient aussi établi une école pour les enfants des villages voisins; ces enfants y recevaient une éducation chrétienne en même temps qu'ils y apprenaient un métier qui assurait leur avenir. Les Chartreux y avaient monté également une imprimerie d'où sortaient les livres nécessaires à leurs prières et une foule d'ouvrages pieux qu'ils distribuaient aux pauvres habitants des montagnes.

Peu de jours encore auparavant, ces immenses bâtiments étaient pleins de bruit et de mouvement. La cloche de la prière envoyait ses tintements dans les airs; les ouvriers entraient, sortaient, travaillaient. Maintenant tout était vide et silen-

cieux, et cependant rien n'avait été déplacé. Les
provisions que les Chartreux avaient toujours en
réserve pour leurs ouvriers et pour eux n'avaient
pas été emportées ; les meubles étaient à leur
place accoutumée, les lits à peine défaits. Sauf
les étables vides, on aurait dit qu'une baguette
magique avait fait disparaître tout à coup les habitants de la maison sans toucher à autre chose.

La lassitude avait endormi nos jeunes voyageurs
sans leur laisser le temps de faire toutes ces ob-
servations. Ils dormirent longtemps ; leurs petits
membres n'avaient pas encore été accoutumés à
tant de fatigues. Quand ils rouvrirent les yeux,
le soleil était levé depuis plusieurs heures ; ils
parurent d'abord tout étonnés de se trouver dans
cette vaste pièce, mais bientôt le souvenir des
événements de la veille se fit jour dans leur esprit.

« Si ce n'est pas le couvent, disait Mathilde,
qu'est-ce donc que cette grande maison ?

— Je ne sais pas, petite sœur ; mais si ce n'est
pas le couvent, celui-ci ne peut pas être bien
loin, nous y arriverons bientôt. Patiente encore
un peu ! »

Il ralluma le feu, sortit de nouvelles provisions,
et quand tous les deux furent sur pied, ils s'agenouillèrent au pied de ce grand lit qui ressemblait
à un tombeau et prièrent pour leur mère qui

n'était plus, pour leur père qui vivait peut-être encore ; puis ils mangèrent tristement, tremblant, au moindre bruit, de voir entrer le maître de la maison.

Leur repas fini, ils sortirent et parcoururent l'église, les cellules, les ateliers déserts. Un jardin potager s'étendait sur un des côtés de la vaste cour ; il s'y trouvait encore des légumes que l'on n'avait pas eu le temps de cueillir, des fleurs tardives et étiolées par les vents froids de novembre. Ils appelèrent de nouveau plusieurs fois, mais l'écho seul des voûtes leur répondit. Dans l'église, l'autel était tout paré, les chandeliers étaient garnis de leurs cierges, les bancs qui servaient aux assistants n'étaient pas dérangés, les livres de prières étaient épars çà et là et la lampe du chœur fumait encore.

Ne sachant si le couvent était bien loin et voyant sa sœur toujours fatiguée, Albert crut devoir se reposer un jour sous ce toit si hospitalier. Rien ne leur manquait, ni le feu, ni le pain, ni le vin et les autres provisions. Ils passèrent donc toute cette journée sans pouvoir revenir de leur étonnement et jouissant néanmoins du bien-être que le bon Dieu leur accordait.

Dans le milieu de la journée, des bêlements plaintifs se firent entendre dans une partie éloignée des bâtiments. Albert y courut et y trouva une chèvre qui avait sans doute été oubliée lors du départ de ses maîtres; il la fit sortir et l'amena à Mathilde. L'enfant la caressa bien longtemps et lui donna à manger. L'animal reconnaissant léchait ses petites mains et ne voulut plus la quitter. Albert tira son lait, comme il l'avait vu faire plusieurs fois, et ce breuvage tiède et doux plut infiniment à Mathilde.

Le soir venu, ils s'endormirent comme la veille. Mais, cette fois, Albert avait transporté dans la cuisine un autre sommier qu'il avait trouvé dans une des cellules vides; il s'empara aussi de quelques couvertures, et la chèvre, qui avait brouté en liberté l'herbe de la cour, vint se coucher à leurs pieds.

V

ARRIVÉE AU COUVENT DE LA GRANDE-CHARTREUSE.

Le lendemain, bien reposés et le cœur plus content, ils partirent, non sans jeter un regard de regret sur cette chaude cuisine où ils avaient si bien dormi. Le temps était sombre, une bise glaciale soufflait autour d'eux; leurs vêtements les en garantissaient à peine, et ils regrettaient le soleil de la veille et le bon feu qu'ils quittaient.

Ils emportèrent des provisions pour leur voyage, car ils ne savaient pas la distance de la Courrerie au couvent. La chèvre s'attacha à leurs pas; ils ne purent se décider à l'abandonner, et, d'ailleurs, Mathilde était si heureuse de la voir sauter à côté d'elle, qu'ils l'acceptèrent pour compagne.

En sortant de la Courrerie, leurs regards s'ar-

rêtèrent sur un petit cimetière entouré de murs
très-bas et où se montraient, au milieu de hautes
herbes, quelques modestes croix de bois noir,
sans aucune inscription. Ils n'y avaient pas pris
garde la veille au soir, en arrivant. La vue de ce
cimetière leur rappela celui où dormait leur mère,
et tous les deux pleurèrent en silence.

Le chemin s'avançait entre deux haies derrière
lesquelles s'étendaient de vastes prairies; au delà
s'élevaient des montagnes couvertes de forêts de
sapins. Ils marchaient, les yeux baissés, en proie
à de tristes pensées que la vue des tombes avait
réveillées en eux, quand tout à coup Mathilde,
levant la tête, poussa un cri :

« Une ville! des églises! frère, vois donc! »

Albert leva aussi les yeux et fut saisi d'étonnement à la vue de cette immense quantité de toits
gris de toute grandeur, de ces clochers de toute
dimension.

« C'est sans doute le couvent de la Grande-
Chartreuse, dit-il à sa sœur. Notre oncle est là.
Allons-nous être heureux de le revoir! Nous re-
connaîtra-t-il seulement? Mais pourquoi les cloches
ne sonnent-elles pas? Quel silence autour de
cette maison! C'est comme autour de celle d'où
nous venons; mon Dieu, s'il allait encore n'y
avoir personne! »

Ils atteignirent bientôt les murs extérieurs. A

leur gauche, une vaste pièce d'eau les séparait de
la montagne ; à leur droite se trouvaient plusieurs
portes fermées qui évidemment n'étaient pas destinées à servir d'entrée aux voyageurs.

A l'extrémité de cette enceinte de murs, ils
aperçurent une belle allée d'arbres. Ils la lais-
sèrent à leur gauche et, contournant les bâtiments du couvent, ils arrivèrent à une grande
porte cochère qui se présenta à eux tout entr'ouverte.

Ils s'arrêtèrent sur le seuil, n'osant aller plus
loin. Tout leur semblait désert. Une cloche était
suspendue au-dessus de la porte d'entrée ; Albert
saisit la corde et fit résonner la cloche avec force.
Personne ne répondit à son appel. Sous la porte
cochère, à droite, une autre ouverture donnait
accès dans une pièce étroite, mais assez propre.
Au-dessus de la porte de ce logement, on lisait
ces mots : *frère portier*.

« Mais où donc est-il ? disait Mathilde ; chez nous,
à Lyon, le portier ne s'absentait jamais.

— Sans doute il va venir, » répondit Albert.

Et ils s'assirent en silence sous la voûte pour
attendre le retour du frère.

Mais le temps passait, et personne ne paraissait.

« Avançons, dit Albert, nous trouverons peut-
être bien quelqu'un dans l'intérieur de la maison. »

Ils traversèrent une grande cour carrée, de chaque côté de laquelle étaient deux vastes bassins circulaires où coulait une eau limpide. Ils montèrent ensuite quelques marches d'un large perron et se trouvèrent au commencement d'un immense corridor ; mais là leurs craintes recommencèrent.

« Pourquoi donc cette solitude, ce silence ? Où sont les Chartreux, disait Mathilde, et mon oncle, où le trouverons-nous ? »

Ce vaste corridor aux sombres arceaux les effraya tellement, qu'ils n'osèrent s'y engager, et ils revinrent dans la loge du portier. Il y avait une cheminée, du bois ; ils firent du feu et la chaleur les ranima. Dans ce mois de novembre, la température est encore supportable dans les plaines ; mais dans les montagnes, le froid se fait déjà sentir à cette époque de l'année ; il est même rare qu'il n'y ait pas de la neige. D'ailleurs, le vent du nord soufflait depuis le point du jour, et plus que jamais le froid était vif.

Assis en silence autour de ce foyer, ces deux pauvres enfants perdus se regardaient sans mot dire. L'espoir, qui les avait soutenus à la Courrerie, commençait à les abandonner. C'était là le couvent, il n'y avait pas à en douter ; où donc se trouvaient leur oncle, les religieux, les domestiques ? Comment se faisait-il que tous fussent

La Grande-Chartreuse

absents? Ils passèrent toute la journée, pressés l'un contre l'autre, mangeant à peine, le cœur gros de larmes et de craintes.

La petite chèvre venait par moments lécher les mains de Mathilde et semblait partager sa tristesse. Elle allait de la cour à la loge où se tenaient les enfants, passant de temps en temps sa tête mutine par la porte entre-bâillée, ou bien, elle poussait des bêlements plaintifs comme pour appeler au secours de ses nouveaux maîtres dont elle devinait l'abandon et la détresse.

Le soir venu, ils s'étendirent sur le lit du portier, la chèvre se coucha à leurs pieds et tous les trois s'endormirent bientôt.

Le lendemain, les provisions qu'ils avaient apportées de la Courrerie étaient épuisées. Ils se hasardèrent à traverser encore la cour et à pénétrer dans le redoutable corridor qui les avait tant effrayés la veille. Plus hardis cette fois, ils s'aventurèrent jusqu'à une haute et large porte en marbre gris, dont un riche bénitier ornait l'entrée.

Albert, entraîné par une curiosité bien naturelle à son âge, ouvrit cette porte et une magnifique église s'offrit à leurs yeux. Deux lampes d'argent étaient suspendues à la voûte; de grands tableaux couvraient les murs; un superbe autel occupait le fond de la nef, et de chaque côté

5

régnaient deux rangs de stalles en bois sculpté. Les livres de prières étaient encore, comme à la Courrerie, à la place où se tenait d'habitude chaque religieux. Rien n'était en désordre ; on aurait dit que les moines venaient d'en sortir.

A quelques pas de là, une autre porte ouverte permit à leurs regards de pénétrer dans une vaste cuisine où ils trouvèrent des ustensiles de toute sorte et une longue table de marbre composée d'un seul bloc de neuf mètres de longueur ; une cheminée de proportions également colossales s'élevait sur l'un des côtés. Un peu plus loin, s'étendait un grand réfectoire, celui des pères, sans doute ; du côté opposé étaient des logements vides, mais que leurs habitants semblaient avoir quittés seulement de la veille.

Albert pensa que les religieux étaient allés faire une visite pieuse à quelque chapelle des environs, et qu'ils ne tarderaient pas à rentrer. Il attendit en parcourant, avec sa sœur, toutes ces pièces silencieuses et froides ; de temps en temps ils allaient se réchauffer au feu qui brûlait dans la loge du portier, et ils venaient ensuite errer de nouveau dans le grand corridor.

La nuit arriva. Le temps était devenu bien noir, et la neige tombait à gros flocons. Les religieux ne revenaient pas.

« Mais, qu'y a-t-il donc, mon Dieu ! se répétait

tout bas Albert; pourquoi cette solitude, cet abandon? Mon oncle, qu'est-il donc devenu? et nous, que deviendrons-nous aussi, seuls dans ce désert, seuls au monde! »

Ils passèrent la nuit comme la précédente; mais le pauvre enfant ne dormit pas. Il entrevoyait un triste avenir, la mort peut-être, à coup sûr la faim, la souffrance, soit qu'il restât au couvent, soit qu'il revînt à Grenoble, et cependant c'était le parti le plus sensé. Il était bien résolu à abandonner cette demeure déserte et à redescendre à la ville, où il rencontrerait du moins des êtres vivants qui auraient pitié de sa sœur et de lui.

Hélas! le jour vint; mais la neige n'avait pas cessé de tomber pendant toute la nuit et elle tombait encore avec une abondance désespérante. La terre en était couverte à une grande hauteur, et ils ne pouvaient plus songer à revenir sur leurs pas. Comment retrouveraient-ils leur chemin, et d'ailleurs, enfouis dans la neige, ils y périraient certainement de froid.

Ils se trouvaient donc enfermés dans cet immense couvent, seuls à n'en pas douter, abandonnés, séparés pour longtemps du monde; car personne ne s'intéressait à eux sur la terre, personne ne s'apercevrait, ne s'inquiéterait de leur absence, et ne viendrait les sortir de cette prison où la

neige les condamnait à rester, jusques à quand,
Dieu seul le savait.

Une morne stupeur s'était emparée d'Albert,
pendant que Mathilde, pâle et tremblante, se con-
tentait de pleurer en silence. Mais bientôt il se
souvint de la promesse qu'il avait faite à sa mère
mourante, de veiller sur sa petite sœur. « Elle n'a
plus que moi, » se dit-il, et cette pensée ranima
son courage un instant anéanti.

Le plus sage était de se résigner et d'attendre.
La main de la Providence les avait conduits dans
ce désert, elle saurait bien les en retirer, quand
le moment serait venu. Confiant donc au Dieu
que sa mère lui avait appris à prier de bonne
heure, et qui n'abandonne jamais sans secours
ceux qui mettent en lui leur espoir, Albert prit
immédiatement, avec une intelligence et une raison au-dessus de son âge, toutes ses dispositions
pour tirer parti de leur nouvelle situation, et
pour préserver sa petite sœur du désespoir et de
l'ennui.

Et puis, il se répétait, pour s'encourager lui-
même, qu'une maison comme celle-là ne pouvait
pas être délaissée bien longtemps, qu'un jour
quelqu'un viendrait la visiter, ne fût-ce qu'un
malheureux bûcheron, ou quelque parent, quelque ami des religieux qui l'avaient quittée. Alors
on les aiderait à sortir de cette prison, on les ra-

mènerait à Grenoble, et là il se trouverait bien peut-être une âme charitable qui aurait compassion d'eux, s'informerait du sort de leur père, et leur donnerait les moyens de le rejoindre ou d'attendre l'avenir.

Disons un mot maintenant de ce monastère célèbre où Dieu avait conduit nos petits orphelins, et faisons connaître à nos jeunes lecteurs pourquoi il se trouvait ainsi abandonné de ses pieux habitants.

Au moyen âge, la foi était bien plus vive et bien plus ardente que de nos jours. On croyait, on pratiquait sérieusement la religion. L'indifférence et les doctrines de la philosophie moderne n'avaient pas encore affaibli ou détruit ces idées religieuses qui faisaient la force de nos pères, qui les consolaient dans leurs épreuves et les soutenaient quand l'heure du danger avait sonné pour eux. Aujourd'hui, le cœur est vide ou desséché de bonne heure, et l'on ne comprend plus ces vocations mystérieuses qui jadis arrachaient du sein de la société, pour les jeter dans les plus affreuses solitudes, une foule d'hommes qui avaient soif de pénitences et d'austérités, comme tant d'autres, aujourd'hui, ont soif de luxe et de plaisir.

L'histoire nous a conservé les noms de ces intrépides anachorètes qui eurent le courage de tout sacrifier, naissance, fortune, honneurs, dignités, pour s'ensevelir dans la retraite et y prier pour eux et leurs frères, offrant ainsi leur vie en holocauste à Dieu, pour le salut de ceux qu'ils aimaient et qu'ils laissaient exposés aux dangers et aux orages du monde.

Au premier rang de ces généreux martyrs de la foi, brille saint Bruno, fondateur de l'ordre des Chartreux et du monastère de la Grande-Chartreuse.

Saint Bruno naquit à Cologne, en 1035, selon les uns; en 1038, selon les autres. Sa famille était riche et occupait dans la société une position élevée.

Aussi le jeune Bruno reçut-il le bienfait d'une éducation distinguée; à mesure que sa science s'agrandissait, sa foi se fortifiait, et cette instruction, qui a été fatale à tant d'autres, ne fit que raffermir et étendre ses convictions religieuses.

Après avoir terminé avec éclat ses premières études à Cologne, il vint en France et habita quelque temps à Paris, puis à Reims. Il retourna ensuite à Cologne, où il reçut les ordres sacrés. Partout il se fit remarquer par sa douceur, sa modestie, ses profondes connaissances et son zèle pour la religion.

L'archevêque de Reims, saint Gervais, qui se

souvenait toujours de ce jeune homme à la foi si vraie, à la science si grande, le détermina, par ses instances, à revenir dans sa ville épiscopale, pour y diriger les écoles ecclésiastiques de son diocèse. Bruno abandonna encore une fois Cologne et revint en France.

Sa réputation de savoir et de sainteté était si grande, qu'à la mort de saint Gervais, on lui offrit le siége archiépiscopal de Reims; mais sa modestie s'effraya si vivement de cette offre, qu'il s'enfuit secrètement de la ville et se rendit à Paris, où il se lia d'une étroite amitié avec saint Robert de Molesmes, qui fut plus tard le fondateur de l'ordre de Cîteaux.

Il vécut à Paris dans la plus profonde retraite, mettant à se cacher et à se faire oublier des hommes le même soin que tant d'autres prennent aujourd'hui à faire parler d'eux. Mais le dégoût du monde s'empara de lui de plus en plus et il résolut enfin de renoncer à ses honneurs, à sa fortune, pour s'ensevelir dans la solitude. L'exemple des pères du désert, la pensée de l'éternité, les désordres que, malgré sa vie retirée, il ne voyait que trop souvent éclater autour de lui, avaient fait naître cette résolution dans son cœur. Saint Robert de Molesmes l'encouragea dans son dessein, et six autres amis, qui vivaient avec lui de cette vie de l'âme que l'on ne connaît plus aujourd'hui, voulurent s'associer à ses projets et à son avenir.

Il quitta Paris secrètement, à pied, après avoir partagé sa fortune entre les pauvres et quelques-uns de ses parents. Il prit la route du Dauphiné et se rendit à Grenoble, qui avait alors pour évêque saint Hugues, autrefois le disciple de saint Bruno à Reims.

Saint Hugues accueillit les pieux pèlerins avec une vive affection, et leur offrit, dans les montagnes les plus reculées de son diocèse, un désert on ne peut plus convenable à l'exécution des projets de retraite de saint Bruno.

Un songe l'avait averti précédemment de cette visite. Il avait vu sept étoiles, dit la tradition, se diriger vers lui; c'était saint Bruno et ses six compagnons. Il les conduisit lui-même au sein de ce désert, qui était loin d'être aussi facilement accessible qu'aujourd'hui.

« C'était un séjour affreux, un repaire de bêtes sauvages, rempli de rochers élevés, de forêts impénétrables; un froid rigoureux y régnait dix mois de l'année; la terre y était inculte et couverte de broussailles; le bruit des torrents, le silence des bois, tout y inspirait l'horreur et l'effroi. » Pour y arriver, il fallait traverser des forêts épaisses, des précipices sans nombre; il ne s'y trouvait ni chemins ni sentiers praticables.

Ils arrivèrent à l'endroit où se voient aujour-d'hui les chapelles de Notre-Dame *de Casalibus* et de saint Bruno ; il leur fut impossible d'aller plus loin. Les montagnes, les rochers étaient devenus tellement impraticables, qu'ils s'arrêtèrent en ce lieu et y bâtirent quelques cabanes de bois et une petite chapelle. Une source abondante se trouvait tout auprès. De quoi vécurent-ils à cette distance de toute habitation ? Comment résistè-rent-ils aux rigueurs du froid, aux dangers de toute sorte qu'ils eurent à braver, aux privations sans nombre qu'il leur fallut supporter ? Dieu seul le sait.

Le nombre des disciples de saint Bruno ne tarda pas à s'accroître, car le bruit de leur sain-teté et de leurs vertus se répandit en peu de temps dans toute la contrée. Leurs maisonnettes de bois firent place à un monastère plus vaste et plus commodément bâti. A la prière, ils joignaient le travail des mains : ils défrichèrent les bois qui s'étendaient autour d'eux et dont les propriétaires leur avaient fait abandon avec empressement ; ils cultivèrent la terre, copièrent des manuscrits, travail qui avait son importance à cette époque où l'imprimerie n'existait pas encore, et bientôt autour d'eux la solitude prit un aspect moins dé-solé et moins stérile.

Le monastère et l'ordre entier tirent leur nom

d'un modeste village qui se trouve aux environs
et où régnait alors la plus affreuse misère, comme
dans toutes les vallées de ces montagnes; dans la
suite, le voisinage du couvent, l'exemple et la charité des Chartreux, ont fait succéder un certain
bien-être relatif à cette situation primitive, et les
bienfaits répandus à pleines mains autour d'eux,
par les bons religieux, ont rendu leur nom vé-
néré dans toute la contrée.

Saint Bruno ne vécut pas longtemps au milieu
de ses frères; le pape Urbain II, jadis son disciple
à Reims, se souvint de lui. Les temps étaient dif-
ficiles pour les papes, l'impiété et le schisme met-
taient la foi catholique à de rudes épreuves. Urbain II réclama le secours des conseils et des
lumières de saint Bruno; celui-ci dut obéir : il se
sépara, les larmes aux yeux, de ses compagnons
et de la chère solitude où il avait tant espéré finir
ses jours loin des bruits de la terre. La voix du
chef de l'Église était venue l'arracher à ce songe
heureux, il dut retourner au milieu du monde,
au sein des passions humaines. Tous ses disciples
furent consternés à cet adieu qu'un secret pressentiment leur disait devoir être le dernier. Saint
Bruno les consola en leur donnant rendez-vous
dans un monde meilleur où ils se réuniraient
bientôt.

Arrivé à Rome, il se dévoua tout entier à l'œu-

vre de pacification et de réparation à laquelle il
avait été convié. Quand le danger fut passé, il
tourna de nouveau ses regards vers ses chères
montagnes : en vain le pape voulut le retenir auprès de lui, en lui offrant les dignités les plus
élevées; la vanité n'eut pas de prise sur son âme.
Cependant, il dut transiger et promettre de ne
pas trop s'éloigner de Rome, afin d'être toujours
à portée d'aider de ses conseils le père commun
des fidèles.

Il renonça donc à revenir en Dauphiné et alla
fonder une autre Chartreuse en Calabre, au désert *della Torre*. Il y vécut dans le plus complet
détachement de ce monde et y mourut, le 6 octobre 1101, pleuré par ses frères et ses disciples ;
les religieux de la Grande-Chartreuse surtout,
qui avaient longtemps espéré le voir reparaître
au milieu d'eux, furent inconsolables de sa perte.

Cinquante ans après sa fondation, le 30 janvier
1133, une énorme avalanche, entraînant avec elle
une masse considérable de rocs brisés, vint s'a-
battre sur cette sainte demeure : sept religieux
périrent sous ses débris; les autres, plus heureux, échappèrent au désastre et vinrent s'établir
à une demi-heure plus bas, dans un endroit
moins exposé, là où existe aujourd'hui le couvent,
objet du pèlerinage annuel d'un grand nombre
de visiteurs.

Cependant, grâce à la protection de son illustre et saint fondateur, l'ordre des Chartreux prenait chaque jour un accroissement plus considérable. Un grand nombre de personnes pieuses, attirées par les charmes de la vie contemplative et solitaire, venaient se joindre à eux. En même temps que leur nombre, leurs richesses augmentaient, soit par les dons et les libéralités des grands de la terre, soit par leur travail et les défrichements qu'ils opéraient autour d'eux. En vain, à plusieurs reprises, en 1320, 1371, 1474, 1510, 1562, 1592, 1611, 1676, l'incendie ou les ravages des protestants détruisirent leur monastère en tout ou en partie; ils se relevèrent courageusement de leur ruine, et, puisant une nouvelle énergie dans ces désastres mêmes que Dieu leur envoyait pour les éprouver, ils réédifièrent leur demeure. Les bâtiments que l'on admire aujourd'hui datent de 1676; dom Masson, supérieur général de l'ordre, en fut l'architecte. La pierre fut extraite d'une montagne voisine : c'est une espèce de marbre gris très-dur et susceptible de recevoir un poli admirable.

En 1789, l'ordre des Chartreux avait atteint son plus haut point de grandeur et de prospérité : il comptait en Europe cent quarante maisons, dont plusieurs de femmes; la France, à elle seule, en possédait soixante et dix, la Savoie vingt-cinq.

Des cardinaux, des évêques étaient sortis de ses cloîtres et avaient fait l'édification du monde par leur savoir et leurs vertus. Devenus immensément riches par un sage emploi de leurs revenus, ils avaient semé le bien autour d'eux ; jamais un infortuné n'avait fait vainement appel à leur bienfaisance, et les habitants de tous les villages qui les environnaient bénissaient leur nom tous les jours. Ils avaient répandu la joie et l'aisance là où régnait auparavant la plus affreuse misère ; ils avaient relevé la cabane du pauvre, donné l'éducation chrétienne à une multitude d'enfants qui végétaient jadis, avant eux, dans une complète ignorance, soulagé les malades et les vieillards que l'âge et la souffrance empêchaient de gagner leur vie ; pleins de cordialité envers les étrangers qui venaient les visiter dans leur désert, ils se montraient généreux dans leur hospitalité et, pendant trois jours, ils pourvoyaient largement et gratuitement aux besoins de leurs hôtes.

Ils n'avaient fait de mal à personne, ils avaient tari bien des larmes, soulagé bien des infortunes ; ils comptaient sur de la reconnaissance, de l'indifférence au moins : ils n'obtinrent ni l'une ni l'autre. La révolution de 1793 ne les épargna pas plus que les autres ordres religieux. En vain s'étaient-ils préservés des abus reprochés à leurs confrères, en vain avaient-ils constamment montré

un complet éloignement pour toute espèce de politique, en vain s'étaient-ils flattés qu'une exception pourrait être faite en leur faveur, grâce à
l'obscurité de leur vie et à tant de services rendus
à leurs frères et à leur pays, ils furent obligés de
dire adieu à leurs chères montagnes et au berceau de leur ordre.

Peu de jours avant l'arrivée de nos enfants,
pendant que, dans une tranquillité parfaite, les
Chartreux se reposaient sur leur passé du soin de
leur avenir, des troupes partaient de Grenoble
pour mettre à exécution contre eux le décret de
la Convention qui les frappait eux et leurs frères.
Le détachement chargé de cette triste mission
avait marché pendant toute la nuit pour mieux
les surprendre; au point du jour le couvent fut
cerné de tous côtés et, au nom de la loi, les portes
durent s'ouvrir. Grande fut la surprise des bons
pères; ils étaient si loin de s'attendre à cette ex-
pulsion!

Un inventaire rapide fut fait, en leur présence,
du trésor de la communauté. L'argent qu'il contenait fut partagé entre eux et l'État, et la moitié
qu'on leur abandonnait, divisée ensuite entre tous.
On permit à chacun d'eux de conserver aussi les
vases sacrés et les humbles vêtements qui lui appartenaient. Vingt-quatre heures après, à peine
revenus de leur stupeur, ils erraient dans les bois

et se dirigeaient vers la terre étrangère, où la plupart d'entre eux devaient mourir ; ils emportaient la mince part de leurs richesses que l'État leur avait laissée. Cette somme modique devait à peine suffire pour qu'ils pussent sortir de France et se procurer un asile ailleurs. Mais Dieu, qui permet quelquefois que le bon souffre et que le méchant triomphe, veillait sur eux. Accueillis avec empressement partout où ils se présentèrent, en Suisse, en Italie, en Espagne, ils trouvèrent facilement une retraite où il leur fut permis de vivre en paix. Ce n'est qu'en 1815 que ces pauvres exilés du désert purent obtenir de rentrer dans leur cloître dévasté par le temps.

Le supérieur général de l'ordre, l'oncle de nos deux pauvres enfants, se retira à Rome, où il mourut quelques années après, les yeux et le cœur sans cesse dirigés vers sa chère solitude.

VI

LES ENFANTS S'INSTALLENT DANS LE COUVENT.
LEURS DÉCOUVERTES.

Le départ des Chartreux avait été, comme on vient de le voir, prompt et subit. Le gouvernement avait nommé un administrateur pour régir leurs biens, mais cet administrateur, peu soucieux de passer l'hiver dans ces montagnes, privées dans cette saison de toute espèce de communication avec Grenoble, s'était contenté de prendre possession de sa place et des bâtiments, de faire l'inventaire des meubles et des provisions qui s'y trouvaient, puis il était redescendu dans la plaine, renvoyant au printemps à s'installer d'une manière définitive dans sa nouvelle résidence.

J'ai dit plus haut que la dispersion des reli-

gieux avait eu lieu quelques jours à peine avant
l'arrivée de nos deux enfants, voilà pourquoi on
l'ignorait encore à Grenoble et dans le trajet de
cette ville au Sappey. Les troupes étaient venues
et reparties sans que l'on connût le but de
leur voyage, et les religieux étaient sortis de
France par les frontières qui la séparent de la
Savoie.

On comprend maintenant pourquoi Albert et sa
sœur trouvèrent le monastère vide et les portes
ouvertes. Ne sachant que faire de ces provisions
que les Chartreux avaient toujours en quantité
pour eux et les hôtes qui les visitaient, l'administrateur en avait fait tout simplement le sacrifice,
se réservant d'utiliser dans la belle saison celles
qu'il retrouverait intactes, comme le vin, l'huile,
le bois, etc.

Les habitants de ces montagnes, par supersti-
tion autant que par un souvenir affectueux et reconnaissant pour leurs bienfaiteurs, se seraient
bien gardés d'y toucher, et les maraudeurs, car il
s'en rencontre dans tous les pays, n'avaient pas
encore eu le temps de venir des contrées environ-
nantes disputer à l'État et à ses gardes ce que les
caves et les dépenses du couvent renfermaient.
D'ailleurs, l'administrateur et ses agents, pour
mieux mettre leur responsabilité à couvert, avaient
répandu le bruit que les Chartreux, avertis bien

6

longtemps à l'avance de la mesure qui devait les atteindre, avaient pris leurs précautions pour ne rien laisser après eux dans la maison. Tout le monde croyait donc que le couvent était à peu près vide. Pour augmenter l'erreur que l'on avait intérêt à accréditer, on avait laissé les portes ouvertes, et quand les bûcherons ou les habitants de la Ruchère passaient devant le monastère, ils se signaient dévotement et n'auraient jamais pensé qu'une maison ainsi ouverte et livrée à la merci de tous renfermât une aussi grande quantité de choses qui, pendant l'hiver, auraient bien soulagé leur misère.

C'est grâce à ces combinaisons de la Providence que nos enfants ne furent instruits de rien, purent pénétrer dans ce vaste couvent, et bloqués par la neige le lendemain même de leur arrivée, durent se résigner à y passer un long hiver, livrés à eux-mêmes et sans autre compagnie que celle de leur chèvre.

Le matin du second jour de leur arrivée, Mathilde s'éveilla en pleurant; elle avait rêvé que sa mère était venue à elle et, penchant son visage sur le sien, lui avait fait signe de la suivre. La pauvre enfant avait en vain tendu les bras vers l'image fugitive, elle s'était éveillée en nommant, en appelant sa mère, et Albert s'épuisait en vains efforts pour la consoler; sa chèvre favorite lé-

chait ses petites mains, sans pouvoir parvenir à
la distraire.

« Mathilde, disait Albert, vois donc comme cette
pauvre bête t'aime! Tu ne lui as pas encore donné
de nom; voyons, comment veux-tu l'appeler?

— Donne-lui un nom, toi, Albert.

— J'aimerais mieux que ce fût toi, ma petite
Mathilde, elle t'aime mieux que moi.

— Eh bien! appelons-la comme maman, Louise.

— Mais on ne donne pas le nom d'une femme
à une bête, y penses-tu?

— Eh bien! appelons-la comme la chienne que
notre bon père aimait tant, Myrrha.

— A la bonne heure, le nom d'une bête va
mieux à une bête; ainsi donc, Myrrha, puisque
votre maîtresse vous a baptisée ainsi, vous allez
me suivre, nous allons chercher à déjeuner pour
vos maîtres et pour vous.

— Je veux y aller aussi, moi, Albert; ne me
laisse pas seule ici, je mourrais de peur : je t'ai-
derai à chercher et à rapporter ce que nous aurons découvert. Une grande maison comme celle-
là doit renfermer bien des choses. »

Albert ajouta en riant et pour tâcher de faire
sourire Mathilde :

« Tiens, petite sœur, nous voilà comme Robinson dans son île. Te rappelles-tu ce pauvre Robinson qui t'amusait tant quand tu lisais ses

aventures? Il était entouré d'eau, nous sommes entourés d'une neige tout aussi infranchissable; il allait à la découverte pour tâcher de trouver de quoi vivre, nous allons en faire autant. Serons-nous aussi heureux que lui? Il était seul, et nous sommes deux; c'est déjà quelque chose de mieux, et quand le beau temps sera venu, nous n'aurons pas besoin de vaisseau pour sortir d'ici. Nous avons déjà du bois pour chasser le froid et l'humidité, nous trouverons bien peut-être aussi de quoi chasser la faim; Myrrha nous aidera, et, à nous trois, nous ne nous ennuierons pas trop. Soyons donc reconnaissants envers Dieu; si la neige nous eût surpris dans d'autres lieux, nous aurions été bien plus malheureux. »

Et d'abord, Albert fut d'avis d'abandonner la loge du portier; la nécessité où ils se seraient trouvés tous les deux, en conservant ce logement, de traverser plusieurs fois par jour la grande cour, soit pour aller à la découverte dans le couvent, soit pour revenir se chauffer, se reposer, prendre leur repas, se coucher, leur dictait ce parti comme le plus sage.

Mais pour revenir dans ce grand corridor parcouru la veille, la chose n'était pas facile; la neige tombait sans interruption depuis seize heures, et il y en avait au moins un mètre. Mathilde recula effrayée. Albert alors la fit monter sur son

dos, et s'armant de résolution, il s'avança dans
la neige en l'écartant devant lui avec ses jambes.
Il parvint, non sans peine et sans danger de tré-
bucher, à traverser cette malheureuse cour avec
son fardeau qu'il déposa bien sec dans le vestibule ; ensuite, il secoua la neige qui recouvrait
ses vêtements.

Ils s'avancèrent alors dans le grand corridor.
En passant devant l'église, ils y entrèrent ensemble et prièrent de nouveau avec une touchante
ferveur pour l'âme de leur mère, pour le salut
et le retour de leur père, et un peu pour eux
aussi.

Un grand tableau de la sainte Vierge s'élevait
à l'entrée de la partie de l'église réservée aux
pères. Ce tableau représentait la Mère de Dieu
triste et affligée, montrant son cœur percé d'un
glaive de douleur. Cette douce et admirable figure rappelait aux deux enfants celle de leur
pauvre mère depuis le commencement de ce funeste siége de Lyon, où elle trembla chaque jour
pour la vie de son mari, puis pendant leur triste
voyage, et enfin au moment où elle s'éteignit à
Grenoble en les inondant de ses larmes d'adieu.

Ils restèrent longtemps dans une muette et douloureuse contemplation devant ce tableau. « Petite mère, lui disait Mathilde, on m'a répété bien
souvent à Grenoble que tu ne souffrais plus, que

tu étais bien heureuse dans le ciel; pourquoi donc as-tu l'air si triste? Petite mère, envoie-nous bien vite notre père, car nous allons mourir ici de froid et de faim, si tu ne viens à notre secours.

— Ne pleure donc pas ainsi, Mathilde, lui disait Albert; rappelle-toi ce que nous a dit notre mère en nous quittant : « Dieu a toujours les « yeux ouverts sur les petits enfants qui n'ont « pas fait de mal. » Il nous protégera. Allons, viens! ne veux-tu pas déjeuner?

— Je n'ai pas faim! disait la pauvre petite, le cœur gros de larmes et s'efforçant de ne pas pleurer. Qui sait si notre père a de quoi déjeuner, lui? Il erre peut-être comme nous dans les bois, sans un abri pour se préserver de la neige et du froid. »

Albert avait peine à retenir ses pleurs, mais il sentait qu'il fallait montrer du courage et de la force pour rassurer sa sœur.

« Pourquoi veux-tu que notre père soit sans abri dans les bois, exposé à la faim et à la neige? On n'est pas partout méchant comme à Lyon. Rappelle-toi comme la dame chez laquelle nous nous sommes arrêtés à Grenoble a été bonne pour maman et pour nous; ce n'est pas à Grenoble qu'on eût contraint notre père à s'enfuir, on est bien charitable dans cette ville et ailleurs aussi. Peut-être, ajouta-t-il en soupirant, petit

Il s'avança dans la neige en l'écartant devant lui avec ses jambes.
(Page 85.)

père a trouvé quelque autre ville comme Grenoble, où il a été bien accueilli, où il est à l'abri du besoin et de tout danger; il n'attend que le moment de revenir et il saura bien nous trouver. Mais nous oublions tous les deux que nous n'avons pas déjeuné. Allons, Mathilde, viens avec moi : faisons d'abord du feu pour sécher nos vêtements, et puis nous mangerons. »

En sortant de l'église, ils pénétrèrent de nouveau dans la vaste cuisine qu'ils avaient découverte la veille, ils allumèrent un grand feu et se chauffèrent quelque temps. Ensuite ils se mirent à fureter pour trouver de quoi apaiser leur faim.

Les tiroirs de la longue table ne contenaient rien, mais enfin ils découvrirent un placard dans lequel se trouvaient un pain entamé, une bouteille de vin, divers fromages.

« Je savais bien, s'écria joyeusement Albert, que nous ne devions pas encore mourir de faim ! »

La vue de ces provisions presque inespérées avait dissipé leur tristesse, la faim était revenue; le pain était bien un peu dur, mais ils s'estimaient très-heureux d'en avoir trouvé, et ils remercièrent Dieu de ce secours qu'il leur envoyait.

Rassurés pour leur nourriture de la journée, ils visitèrent les autres salles; plusieurs portes fermées communiquaient, soit avec la cuisine, soit avec le réfectoire des pères; ils s'en inquiétèrent peu et choisirent pour leur résidence future le logement du père Coadjuteur, situé en face de la cuisine.

Ce logement se composait de deux pièces dont chacune avait une cheminée. La seconde contenait un lit dans une espèce d'alcôve en tout semblable à celle de la loge du portier. Une ample provision de bois existait dans un petit cabinet contigu à la première pièce. Des gravures représentant des saints, entre autres saint Bruno, le fondateur de l'ordre des Chartreux, ornaient les murs des deux chambres; des fenêtres à tout petits carreaux de verre, enchâssés dans des lames de plomb laissaient passer un jour triste et morne, un jour d'hiver et de neige. Une grande robe de moine était restée suspendue à un clou; celui qui la portait l'avait-il oubliée là dans le trouble et le chagrin de son départ, ou bien avait-il craint de l'emporter dans sa fuite.

Un prie-Dieu surmonté d'un grand crucifix se trouvait à côté du lit; sur ce prie-Dieu était un livre de prières encore ouvert. Albert y aperçut facilement des traces de larmes. Le père, à qui il appartenait, n'avait pu l'emporter à cause de son poids incommode, mais, en partant, il lui avait confié, avec sa dernière prière, le secret de sa douleur et de ses regrets. C'était son meilleur, peut-être son seul ami, le confident de ses peines et de ses espérances qu'il abandonnait pour ne plus le revoir. Le cœur tendre et sensible d'Albert comprit la signification de ces larmes; il avait déjà tant souffert, qu'il se rendait facilement compte des souffrances des autres.

Sur une petite table de bois blanc se trouvaient quelques papiers épars; Albert y chercha le nom de celui qui habitait, peu de jours encore auparavant, cette pauvre cellule, et y trouva plusieurs fois répété le nom de dom Charles : ce n'était qu'un nom de religieux. Il ne savait pas encore, le pauvre enfant, que le chartreux, en entrant dans sa cellule, oublie son nom de famille, et, en se dépouillant de ses habits du monde, doit se dépouiller aussi de tous ses souvenirs, de toutes ses affections, pour ne plus songer qu'à Dieu et à l'autre vie.

Une petite bibliothèque existait au-dessus de cette table; elle ne contenait que des livres de piété. Albert comprit que quelques-uns de ces livres lui seraient plus d'une fois utiles pour y puiser, lui aussi, des forces et des consolations.

Mais il n'y avait dans cette cellule qu'un seul lit, il en fallait un second; Albert ne désespéra pas de le trouver. Dans la cellule voisine, en effet, celle du père Procureur, se trouvait une alcôve toute semblable à celle de la cellule qu'il venait de quitter. Mathilde s'effraya fort à la pen-

sée dé coucher seule dans cette immense maison,
et, pour la calmer, Albert, aidé par elle, traîna
la paillasse du chartreux absent dans la première
pièce de la cellule où Mathilde s'était installée; il
y transporta aussi les couvertures, et s'arrangea
un lit qu'autrefois il eût trouvé bien dur, mais
qu'aujourd'hui il s'estimait bien heureux d'avoir.
De cette façon, Mathilde et la petite Myrrha étaient
établies dans la pièce du fond et Albert dans la
première en entrant; on ne pouvait pénétrer jusqu'à Mathilde sans le réveiller, et dès lors celle-ci
était libre de toute inquiétude.

Albert aurait bien voulu aussi trouver quelque
arme à feu pour se défendre en cas d'attaque,
mais les couvents ne contiennent guère d'armes
de ce genre, peu efficaces contre les dangers de
l'âme. L'instinct belliqueux de l'enfant, accoutumé
de bonne heure aux bruits de la guerre, aux
émotions du combat, aurait souri à la vue d'un
fusil ou d'un sabre : hélas! il fallut y renoncer.

La cellule du père Procureur était en tout semblable à la première : même ameublement, même
distribution, même air triste et froid. A chacune
des deux cellules un jardin était attenant, mais
on remarquait une différence complète entre eux:
l'un était propre, bien tenu; les petites allées qui
séparaient les plates-bandes étaient gravelées et
des planches soutenaient la terre de chaque côté;

un modeste pavillon, solidement construit, s'élevait dans l'un des angles, et deux bancs de bois
de sapin en garnissaient l'intérieur; deux ou
trois touffes de rosiers, quelques buis, étaient les
seuls arbustes que l'on y remarquait, à l'exception
cependant d'une vigne qui tapissait le mur de
gauche et dont les raisins ne devaient pas mûrir,
à cause des froids précoces et de la rareté des
rayons du soleil dans cet étroit coin de terre.

Au fond de ce jardin, un banc de bois, isolé de
la tonnelle, se dressait sans appuis et semblait,
au premier abord, déplacé à côté de ceux qui se
trouvaient dans son voisinage et qui, mieux abrités par les plantes grimpantes dont se tapis-
saient, en été, les parois de la tonne, devaient
obtenir la préférence. Et cependant ceux-là étaient
encore presque neufs, tandis que celui-ci indiquait un long et fréquent usage. C'est que c'était
le banc du printemps et de l'automne, le banc du
soleil, celui où le pauvre vieillard qui avait mis
tous ses soins à parer cet humble jardin, venait
réchauffer ses membres fatigués aux rayons bien-
faisants de l'astre. Les autres ne servaient que
l'été; aussi n'étaient-ils pas souvent occupés, car
l'été est court à la Grande-Chartreuse, les fortes
chaleurs y sont à peu près inconnues et l'ombre
peu nécessaire. En un mot, on devinait un cœur
encore vivant, une main encore alerte, dans les

soins qui avaient laissé là leur trace malgré
l'hiver.

L'autre jardin, hélas ! était envahi par les
ronces, la tonnelle était effondrée ; la vigne, que
la serpe n'avait pas ébranchée depuis longtemps,
laissait pendre de tous côtés ses longs rameaux
incultes. Les plates-bandes étaient envahies par
les mauvaises herbes, les petits sentiers qui
les séparaient jadis, presque effacés. La mort,
ou du moins la grande vieillesse qui en pré-
cède le sommeil, avait passé par là. Les bancs
eux-mêmes, tombés de vétusté, n'avaient pas été
relevés.

Ces diverses circonstances n'échappèrent point
à Albert. Doué, comme je l'ai dit, d'un esprit ob-
servateur, il devina sans peine ce qui avait causé
l'état d'abandon de ce jardin, mais il se garda
bien d'en parler à sa sœur que les idées tristes
ne dominaient déjà que trop.

Chose remarquable ! la neige, emportée par le
vent, s'était amoncelée ailleurs à une hauteur
effrayante, et là, dans ces humbles jardins, res-
serrés entre des murailles élevées, elle avait
à peine blanchi le sol et s'était promptement
fondue.

La nuit vint de bonne heure. Comme nos enfants n'avaient aucun moyen de se procurer de
la lumière, ils se couchèrent aux derniers rayons

du jour : il valait mieux, en effet, dormir que passer de longues heures plongés dans les ténèbres qui ressuscitaient les frayeurs de Mathilde.

Le lendemain, ils poursuivirent leurs investigations un peu plus loin : au fond du corridor, une porte s'ouvrit facilement sous leurs mains, et ils se trouvèrent dans une espèce d'antichambre qui les conduisit à une salle à manger pavée en briques, ornée de bahuts antiques remarquables par les sculptures qui les couvraient. Une immense gravure, représentant une multitude de religieux assis dans l'attitude de la prière et de la contemplation, était suspendue au mur de gauche ; une large lampe descendait du plafond, qui était traversé par d'énormes poutres.

Au fond de cette salle, à droite, s'ouvrait un modeste réduit rempli de papiers répandus à terre et foulés aux pieds. Albert en ramassa un au hasard et y lut avec surprise le nom de son oncle ; non pas son nom de religion seulement, mais celui de famille, celui, par conséquent, de son père et le sien. C'était une sommation adressée au ci-devant noble de Meylan, supérieur général de l'ordre des Chartreux, d'avoir à évacuer dans les vingt-quatre heures le couvent, le désert et la France. A cette lecture, les larmes lui vinrent aux yeux ; il se doutait enfin du motif qui rendait ainsi cette maison veuve de ses habitants ;

il apprit le sort de son oncle, qui errait sur la terre étrangère comme son père, et il sentit s'ébranler l'espoir qui l'animait encore. Mais le courage et la résignation reprirent le dessus dans son âme : certain de n'avoir plus rien à attendre des hommes, il mit plus que jamais toute sa confiance en la Providence.

C'est donc là qu'avait habité son oncle ! C'est là que cet homme avait prié, médité ; c'est de là qu'il était parti, entouré de ses frères, pour aller mendier un asile et du pain sous un ciel étranger. Hélas ! du moins il avait ignoré les malheurs de son frère et son cœur avait saigné d'une blessure de moins !

Albert revint à la première cellule ; sa sœur et lui étaient fatigués. Ils firent ensemble un repas frugal avec les provisions qui leur restaient, et ranimèrent le feu qui menaçait de s'éteindre.

L'orage mugissait au dehors avec une violence extrême. La neige, chassée par le vent, tourbillonnait dans l'air et venait se coller aux vitraux de leur chambre ; les sapins de la montagne se courbaient sous l'effort puissant de la tempête, et le torrent qui longe le chemin du couvent roulait ses eaux avec un bruit sinistre.

« Que tout est triste ici ! disait Mathilde ; quel bruit ! quel vent ! à Lyon, la tempête ne ré-

gnait pas comme cela, elle ne durait pas si longtemps !

— Pauvre sœur ! la tempête dont nous avons
entendu les éclats pendant deux mois était bien
plus terrible. Celle-ci, du moins, ne tue personne.
A Lyon, chaque coup de canon, chaque décharge
de fusils tuait bien du monde. »

Albert prit un livre au hasard dans la bibliothèque
du Père absent. Il pensait que la lecture distrairait
sa sœur et détournerait son attention de ces pensées de tristesse. Il ouvrit l'*Imitation de Jésus-
Christ*, ce livre divin écrit par un ange plutôt que
par un homme, livre consolateur, baume du cœur
souffrant, présent fait aux malheureux par la
bonté céleste.

Il tomba sur le chapitre intitulé : *De l'humble
soumission. — Si vous savez souffrir et vous taire,*
disait le livre, *vous verrez le secours de Dieu sur
vous. Il connaît le temps et la manière de vous délivrer ; c'est pourquoi vous devez vous abandonner entre ses mains. Il n'appartient qu'à Dieu de vous secourir.* — Ces lignes qui avaient un rapport si
évident à sa situation, lui arrachèrent des larmes. Il se sentit plus fort ; il lui semblait qu'une
voix intérieure venait de lui promettre aide et
protection. Il fit lire ces mêmes lignes à sa sœur
et les lui expliqua comme il les comprenait. La
pauvre enfant, absorbée dans la pensée inces-

7

sante de sa mère, pleine d'un effroi qu'elle ne pouvait secouer, en éprouva cependant une espèce de soulagement.

L'ouragan de neige dura quatre grands jours, pendant lesquels il leur fut impossible de respirer l'air du dehors. Ils n'osèrent pas non plus s'aventurer bien loin dans le couvent ; une frayeur invincible enchaînait leurs pas dans le grand corridor d'entrée.

Cependant les provisions trouvées dans la cuisine s'épuisaient. La petite chèvre, privée de sa nourriture ordinaire, languissait auprès d'eux et pouvait à peine manger le pain que lui présentait la main de Mathilde. Mais un jour que le hasard avait fait descendre à Albert un escalier inconnu jusqu'alors, il se trouva dans une cour étroite et sombre sur laquelle ouvraient une écurie et une espèce de grange. A cause de l'avance du toit, la neige avait laissé libre un certain espace le long du mur ; l'enfant le parcourut. Tout à coup la chèvre qui le suivait, se mit à pousser un bêlement de joie et se précipita sur un énorme tas de foin qu'elle brouta avec avidité. Dès lors sa nourriture était assurée pour longtemps. Albert courut annoncer cette bonne nouvelle à Mathilde, et désormais, tous les matins, il allait chercher pour [la pauvre bête une provision de foin qu'il apportait dans sa cellule.

Rassuré pour leur compagne, il ne l'était pas pour lui. La neige, tombée en quantité prodigieuse, ne leur permettait pas de sortir, et ils n'avaient plus que pour vingt-quatre heures d'un pain sec et dur qu'Albert ménageait avec le plus grand soin.

VII

FAMINE. NOUVELLES DÉCOUVERTES.

Tous deux se remirent à chercher. Les tiroirs,
les placards de la cuisine et de la salle à manger
avaient été explorés avec soin. Hélas! ils ne contenaient plus rien. Que devenir, mon Dieu! Il
était tout à fait impossible de songer à quitter le
couvent, la neige eût dépassé leur tête et ils seraient morts gelés ou étouffés à vingt pas de la
porte. Mourir de faim! c'était affreux. Et cependant le livre consolateur leur avait dit : — *Dieu
connaît le temps et la manière de vous délivrer ; c'est
pourquoi vous devez vous abandonner entre ses
mains.* — Et, faute de nourriture, ils allaient pé-
rir! La pensée de manger leur chèvre vint un

moment à l'esprit d'Albert ; mais comment la tuer? et puis Mathilde en mourrait de chagrin.

Vers le soir, en fouillant pour la centième fois les coins et recoins de la cuisine, Albert se dit que cette porte fermée, qu'il avait déjà vue et à laquelle il avait donné peu d'attention, le conduirait peut-être à quelque découverte heureuse. Il chercha donc les moyens de l'ouvrir.

La porte était solide ; ses petites mains seules n'auraient pu venir à bout de l'entreprise. Il chercha vainement un fer, une hache, quelque chose pour briser le bois ou la serrure. Rien. Et cependant un secret pressentiment lui disait qu'il y avait là leur salut. Enfin, il découvrit une de ces tiges de fer dont on se servait autrefois pour attiser la flamme du foyer ; il essaya avec cet instrument de soulever la porte de ses gonds. Mathilde le secondait de toutes ses petites forces ; mais, hélas ! après une heure d'efforts incroyables, le fer se brisa et la porte ne céda pas.

Épuisés de fatigue, ils remirent au lendemain à faire une nouvelle tentative et se couchèrent en priant Dieu avec plus de ferveur.

Quand le jour fut venu, ils donnèrent un nouvel assaut à la porte, mais inutilement. Déjà le découragement le plus profond s'emparait d'Albert, quand Mathilde déterra sous un fourneau une hache ébréchée qui avait dû servir longtemps à refendre du bois. Le courage revint à Albert et il entreprit de faire un trou à la porte.

Il se mit à la besogne avec ardeur. Chaque coup enlevait un petit fragment du bois ; cependant la hache ne coupait guère, et les coups assenés par Albert n'étaient pas bien forts. Mathilde voulut essayer aussi de remplacer son frère pendant qu'il reprenait haleine, mais la pauvre enfant put à peine soulever le fer.

Tout le jour se passa ainsi pour faire une entaille de quelques centimètres au plus dans le bois. Il fallut renvoyer au lendemain la continuation de l'œuvre de salut et, en attendant, ils se couchèrent sans souper.

Le lendemain, leurs forces étaient défaillantes. Depuis longtemps ils n'avaient pas mangé ; le vin pris seul répugnait à leur estomac. Néanmoins il y allait de la vie ; cette pensée donna de nouvelles forces à Albert. Il attaqua la porte avec fureur, et enfin, vers midi, il parvint à produire une ouverture par laquelle il put passer, avec beaucoup de peine, il est vrai.

« Qu'as-tu trouvé, frère ? » lui cria Mathilde en passant à son tour sa tête blonde par l'ouverture. Hélas ! Albert était muet de surprise et de désespoir. La pièce dans laquelle il avait pénétré et qui avait dû servir autrefois d'entrepôt, était complétement vide. Rien ne se présentait à lui

Il se mit à la besogne avec ardeur. (Page 102.)

qui pût assouvir leur faim. Seulement encore une porte fermée donnait de cette pièce dans une autre où peut-être se trouverait ce qu'ils cherchaient.

Mathilde se mit à pleurer. « J'ai bien faim, frère ! » ne cessait-elle de répéter. Albert aussi avait bien faim, mais il sentait que pleurer ne lui donnerait pas à manger, et qu'il fallait résister contre la souffrance présente pour échapper à une mort affreuse.

L'idée lui vint de regarder à travers la serrure, et ce qu'il crut voir ranima son courage. Il aperçut des étagères, des casiers, des caisses ; en un mot, ce qui constitue l'intérieur d'une dépense. Plein de joie, il souleva Mathilde qui regarda à son tour et ses larmes cessèrent de couler.

« Nous sommes sauvés, petite sœur ! Encore un peu de patience ! Je te disais bien que Dieu ne nous abandonnerait pas ! »

Mais comment ouvrir cette dernière porte ? La serrure en était solide et résistait aux secousses que lui imprimaient leurs petites mains. La hache ébréchée dut être employée de nouveau, et déjà Albert, recueillant ses forces, commençait à entamer le bois, quand l'idée lui vint de frapper sur la serrure. Au cinquième coup, elle se détacha et une dernière secousse ouvrit la porte.

Que l'on juge de la joie de nos deux enfants !

Ils se trouvaient dans la grande dépense du couvent ! Une multitude de provisions de toute sorte s'offrait à eux. Les Chartreux observent toute l'année l'abstinence d'aliments gras et ils n'en servent jamais aux nombreux étrangers qui viennent visiter leur solitude. Aussi font-ils des provisions considérables de légumes et de fruits secs.

Les enfants trouvèrent, dans un cabinet attenant à la dépense, un énorme tas de pommes de terre et, dans la dépense elle-même, des caisses remplies de raisin malaga, de pruneaux, de figues, d'amandes, des pots de miel et de confitures, des fromages, du beurre, une grande quantité de pommes et de poires d'hiver, des noisettes, des noix, et quelques bouteilles de vin blanc.

Ailleurs, c'était du blé grué, du riz, des haricots, des lentilles, des pâtes sèches, etc., etc. Un peu plus loin, ô bonheur ! trois lampes s'offrirent à eux, toutes garnies de leurs accessoires. Une grande jarre d'huile s'élevait dans un coin ; elle était pleine jusqu'aux bords et, à côté d'elle, deux longues caisses de chandelles se montraient tout ouvertes. Ils avaient déjà des allumettes. Dès lors ils ne craignaient plus les ténèbres, et leurs veillées pourraient se prolonger sans inquiétude. Enfin, tout près de là était un grand sac rempli de sucre cassé.

Leur première pensée fut de remercier Dieu de tant de richesses qui leur arrivaient si fort à propos. Mais l'essentiel manquait encore ; ils n'avaient pas de pain.

« Il n'est pas possible, disait Albert, que les Chartreux n'aient pas aussi un four, de la farine, du pain. Nous trouverons bien tout cela, petite sœur ; cherchons seulement. »

Ils mangèrent des figues, des raisins. Les dents blanches de Mathilde mordirent avec joie dans une belle grosse pomme reinette. Elle était heureuse maintenant ; elle ne songeait plus à ses terreurs du moment d'auparavant.

Quand ils furent rassasiés de ces fruits mangés sans pain, ils rallumèrent du feu dans la cuisine et se réchauffèrent, car le froid était vif dans ces grandes pièces dallées de larges pierres et remplies d'une sorte d'humidité pénétrante. Puis, quand ils eurent bien chaud, ils se mirent à la recherche de la boulangerie, car ils étaient impatients de trouver du pain.

Hélas ! ils cherchèrent longtemps sans être plus heureux. Ils avaient beau se dire que la boulangerie ne devait pas être loin de la cuisine, qu'il y en avait une très-certainement, la nuit vint qu'ils n'avaient encore obtenu aucun résultat. A tout instant, d'ailleurs, il fallait interrompre leur travail pour retourner près du feu. Force fut donc à nos pauvres petits Robinsons de souper encore une fois sans pain et de renvoyer au lendemain la continuation de leurs découvertes.

Les figues, les pommes, les noix firent les frais de ce frugal repas, ainsi que le miel et les confitures. Mais comme ils n'avaient ni cuillers, ni assiettes, ils étaient bien embarrassés. Mathilde, sans façon, trempait dans le miel ses jolis petits doigts et se barbouillait la figure à plaisir. Albert imagina de se servir d'une coquille de noix vide pour puiser dans les pots, puis d'une petite planche qu'il tailla avec un vieux couteau, et cette idée ingénieuse fut adoptée par Mathilde. Tous deux maintenant riaient de leur situation et oubliaient, avec cette heureuse facilité de l'enfance, ce qu'elle avait d'étrange.

Ils allèrent chercher ensuite la provision de leur chèvre, à laquelle le miel et les amandes souriaient peu et qui préférait à tout cela une bonne brassée de foin. Puis ils se couchèrent et s'endormirent, le cœur plus joyeux que la veille.

Cependant l'orage et la neige continuaient ; un vent impétueux mugissait dans ces gorges profondes. D'affreux craquements se faisaient entendre dans ces masses de sapins gigantesques, se courbant et se redressant tour à tour sous l'effort de la tempête. Des rochers élevés du Grand-Som, qui domine, à plus de trois cents mètres, les bâtiments du couvent, ils entendaient parfois descendre des blocs énormes qui venaient s'arrêter au milieu de la forêt située au-dessous de la montagne. Le vent s'engouffrait continuellement dans le long corridor où se trouvaient les cellules qu'ils étaient venus habiter, grâce à la porte qu'ils avaient laissée ouverte et que la neige, chassée par le vent dans l'intérieur, ne leur permettait plus de fermer. A ses sifflements étranges, le cœur de nos enfants bondissait de frayeur ; mais Albert, plus familiarisé que sa sœur avec le bruit et l'orage, la rassurait.

Un moment vint cependant où la tempête fut si violente, où tout craqua si affreusement autour d'eux, qu'il eut peur lui-même. Ne pouvant dormir à ce fracas, ils allumèrent une de leurs lampes et Albert, saisissant un livre pour prier avec sa sœur, tomba sur les litanies de la sainte Vierge.
— Consolatrice des affligés, dominatrice des enfers, ayez pitié de nous, répétaient-ils tous deux à genoux sur le bord de leur lit ; Vierge sainte, que notre mère aimait tant, ne nous laisse pas mourir si petits, si malheureux, si loin de notre pauvre père, qui pleure peut-être, lui aussi, à l'heure qu'il est, en pensant à nous !

Leur prière fut entendue de celle qu'ils invoquaient, car l'orage un instant sembla perdre de sa violence, le torrent mugit d'une voix plus

sourde et plus éloignée et le désordre des élé-
ments, reculant devant une puissance supérieure,
sembla s'arrêter devant ce nom magique de Marie,
prononcé par deux pauvres enfants abandonnés et
seuls dans ce désert. Bientôt le sommeil appesan-
tit de nouveau leurs paupières et ils s'endormirent profondément.

Le jour venu, ils retournèrent à leur magasin,
mais l'absence de pain les tourmentait toujours.
Albert alors alluma le feu de la cuisine, plaça sur
la flamme une grande marmite pleine d'eau et fit
cuire des pommes de terre. Cette idée bien simple
et qui ne lui était pas venue la veille, fit sauter de
joie la petite Mathilde.

En furetant de son côté, elle avait découvert
une caisse de sel, un petit tonneau de vinaigre
et une grande quantité d'huile d'olive, des mè-
ches de lampes et de nouvelles caisses de chandelles. Toute fière de sa trouvaille, elle avait appelé son frère, et c'est alors que tous les deux
décidèrent que, puisqu'ils avaient du sel, ils fe-
raient cuire des pommes de terre que l'on mangerait avec du beurre.

Les pommes de terre cuites et mangées toutes
chaudes furent trouvées délicieuses ; Mathilde pro-
posa de faire une salade, mais la proposition ne
fut pas du goût d'Albert, qui prétendit avec raison
qu'une salade sans pain serait peu agréable ; il

l'ajourna donc pour le moment où ils auraient découvert ce qu'ils cherchaient.

« Il y a du pain, j'en suis sûr, répétait-il, nous le trouverons. » Mais la journée se passa encore en vaines recherches.

Le troisième jour, enfin, en dérangeant de grandes pièces de bois qui avaient été placées là, je ne sais pourquoi, le jour du départ des religieux, une porte apparut à leurs yeux, une bienheureuse porte qui n'était pas même fermée comme les autres, et qui les introduisit enfin dans la boulangerie du couvent.

Là, se présentèrent à leurs yeux éblouis, non-seulement de longues rangées de pain, mais des piles de grands sacs pleins de belle farine bien blanche. Albert poussa un cri de joie et appela Mathilde, qui savourait au coin du feu les pommes de terre de la veille. Tous les deux se livrèrent au bonheur que leur faisait ressentir cette découverte, sur laquelle ils commençaient à ne plus compter.

Mais le pain était sec. La hache qui avait déjà ouvert deux portes leur servit de couteau et ils fendirent leur pain, comme ailleurs on fend du bois. Mathilde riait en essayant d'entamer avec ses petites dents les éclats que la hache faisait voler.

« J'ai entendu dire à notre père, disait Albert, que dans les hautes montagnes du Dauphiné, on ne cuit le pain que tous les six mois et même tous les ans ; juge comme il doit être encore plus dur que celui-là ! Il m'a souvent raconté aussi que sur les vaisseaux, le pain qui s'appelle le biscuit est dur comme de la pierre, et que les vers y font des trous comme dans le bois. Nous ne sommes pas encore bien malheureux, et puis, nous avons de la bonne farine blanche, nous pouvons faire des galettes comme on en faisait à Lyon ; avec notre beurre nous ferons de la pâtisserie, nous serons nourris comme des princes ; tu verras ! »

Ils mirent tremper leur pain dans de l'eau et ; au bout de quelques instants, quand il fut suffisamment ramolli, Mathilde fit deux belles tartines de miel et de confitures, une pour elle, une pour son frère, et jamais les meilleurs repas de Lyon, au temps de leur vie en famille, ne leur avaient semblé aussi délicieux que celui-là.

Mais ce n'était pas encore tout. Leur petite provision de vin était épuisée depuis quelque temps déjà ; il en étaient réduits à boire de l'eau, eau pure et glacée que les Chartreux avaient amenée de loin et qui provenait de la magnifique source où se désaltéra saint Bruno, et auprès de laquelle il avait d'abord établi sa retraite ; cependant du vin eût mieux fait leur affaire, surtout avec ce froid si rigoureux. Albert était bien persuadé que les Chartreux devaient boire autre chose que de l'eau, puisqu'il avait trouvé une certaine quantité de bouteilles de vin dans la cuisine. D'ailleurs, les étrangers qui venaient les visiter, devaient nécessairement être accueillis avec une boisson plus confortable que celle de saint Bruno. Mais où était la cave?

Il avait en vain parcouru les salles inférieures au grand corridor et auxquelles conduisaient plusieurs escaliers, il n'avait rien découvert, et déjà il se résignait à se passer de vin, quand le hasard le mit sur la trace de la bienheureuse cave. En ouvrir la porte fut encore chose assez difficile, mais la hache, qui déjà lui avait servi pour enfoncer la porte de la dépense, vint de nouveau à son secours. Il fut bien dédommagé de ses efforts, en voyant s'allonger devant lui une respectable file de tonneaux pleins et une notable quantité de bouteilles dont le cachet indiquait autre chose que du vin du pays.

« Vive la joie! s'écria Albert ; enfoncée l'eau pure! nous aurons du vin bouché, du vin vieux, comme on en buvait au dessert à Lyon ; cela va joliment nous réchauffer l'intérieur. »

Et se chargeant de trois ou quatre bouteilles, après en avoir mis deux autres sous les petits bras de sa sœur, il revint auprès du feu. Là, nouvelle difficulté, pas de tire-bouchon. Comment faire? Un grand clou, arraché au mur de la dépense, en fit l'office et peu à peu, lentement, il arracha le bouchon d'une bouteille, en nombreux fragments, il est vrai, mais enfin le vin coula et ils en burent avec une satisfaction d'autant plus grande qu'ils en étaient privés depuis plusieurs jours et qu'ils avaient désespéré d'en trouver.

Dès lors, que leur manquait-il? Ils avaient un bon lit, du bois en quantité, du luminaire, du pain, des provisions de toute sorte, une compagne caressante dans la petite chèvre, et ils espéraient que leur captivité ne serait pas longue, qu'ils pourraient, aussitôt que la neige fondue leur permettrait de sortir, redescendre à Grenoble, où ils rencontreraient bien quelqu'un qui s'apitoierait sur eux et les rendrait à leur famille, à leur père peut-être.

Hélas! ils ignoraient que la neige ne fond pas si promptement dans les montagnes de la Chartreuse, et qu'elle y persiste presque tout l'hiver, interrompant souvent les communications pendant des mois entiers, excepté à ces robustes enfants du désert que rien n'arrête et qui cependant parfois, malgré leur courage et leur énergie, périssent de froid dans leurs courses aventureuses.

Tranquilles désormais du côté des vivres, ils envisageaient l'avenir d'un œil moins triste. Mathilde eut l'idée de se tailler une robe dans un manteau de Chartreux. Elle avait jadis habillé sa poupée et il lui était resté quelque souvenir de ce qu'elle avait vu faire à la tailleuse de sa mère. Un vieux couteau de cuisine devait lui servir de ciseaux ; mais quand il s'agit de coudre, elle s'aperçut qu'elle n'avait ni dé, ni aiguilles, ni fil. La difficulté était insurmontable ; force lui fut de faire comme Albert et de s'envelopper comme elle put dans ce long vêtement blanc.

D'ailleurs, elle passait la journée près du feu ; leur cellule ainsi chauffée était un séjour bien supportable. Albert lui faisait la lecture dans les livres dont se composait la bibliothèque de leur chambre. C'était, comme je l'ai déjà dit, l'Imitation de Jésus-Christ, puis la Vie des Saints. Ce dernier ouvrage intéressait plus vivement Mathilde ; elle y trouvait tant de sujets de comparaison entre leur vie à eux et celle des solitaires des déserts ! « Ils étaient seuls comme nous, disait-elle, mais ils étaient encore plus à plaindre, car ils n'avaient pas tout ce que nous avons ici pour leur aider à endurer la solitude. » L'exemple de tous ces hommes qui avaient supporté leur sort avec tant de résignation, ranimait son cœur, et, sans trop songer comment tout cela finirait, elle s'abandonnait à la divine Providence.

Quinze jours se passèrent ainsi. Albert était parvenu à pétrir la farine, comme il l'avait vu faire quelquefois, et à fabriquer de petits pains qui, quoique sans levain, avaient néanmoins, aux yeux de nos enfants, le mérite d'être plus tendres et plus savoureux que celui qu'ils ne mangeaient qu'après un séjour plus ou moins prolongé dans l'eau.

Ils avaient en outre à leur disposition, comme je l'ai dit, une immense quantité de pommes de terre, à l'aide desquelles Albert de temps à autre confectionnait une soupe que tous les deux trouvaient excellente. A ces pommes de terre, ils substituaient parfois des haricots, des lentilles et les autres légumes que contenait la bienheureuse dépense, et qu'ils assaisonnaient avec l'excellent beurre de ces montagnes, beurre qui, pour être fondu, n'en était pas moins d'un goût exquis.

Les journées se passaient à faire leur modeste cuisine, à caresser la gentille Myrrha et à lire les livres qu'ils avaient à leur disposition. Mais bientôt cette vie inactive lassa Albert, et il se sentit un violent désir d'explorer les parties de la maison qu'il ne connaissait pas encore.

Ils retournèrent d'abord dans la cellule de leur oncle. Albert ramassa de nouveaux débris de ces papiers qui jonchaient le sol. Il lui semblait que tout ce qui avait appartenu à son oncle était plus spécialement son bien.

Parmi ces lettres éparses, l'une d'elles surtout attira son attention. Albert y reconnut l'écriture

Albert était parvenu à pétrir la farine. (Page 115.)

de son père. Il s'en saisit avidement et la lut les larmes aux yeux :

« Quand vous recevrez cette lettre, disait à son frère le comte de Meylan, je serai mort ou errant sur la terre étrangère. Qui sait ce que Dieu décidera de moi ! Mais que deviendra la compagne de ma vie, que deviendront mes enfants ? Dans tous les cas, je vous les recommande, mon frère. La sainteté de votre vie, votre existence retirée au sein de vos montagnes, vous mettront sans aucun doute à l'abri des persécutions de ceux qui prétendent nous gouverner. Vous avez choisi la meilleure part dans cette vie, espérons qu'elle ne vous sera pas enlevée.

« Pour nous qui, depuis deux mois, luttons avec l'énergie du désespoir et le sentiment de notre droit contre de misérables oppresseurs, nous allons jouer une dernière fois notre vie pour traverser les obstacles que nous opposent nos ennemis et essayer de gagner la Suisse.

« Je conseille à ma femme et à mes enfants de se rendre à Grenoble pour y attendre des jours meilleurs. Vous serez sans doute informé de leur arrivée ; envoyez quelqu'un de vos gens pour les y attendre et les recevoir. Procurez-leur un asile paisible et les secours dont ils auront besoin. Je compte sur cette amitié qui nous a unis si tendrement dès le berceau.

« Albert est vif, prompt, intelligent et bon; il aime passionnément sa mère; il pourra continuer ses études à Grenoble et se mettre en état de servir un jour honorablement son pays. Mathilde est un petit ange, dévouée, aimante, au cœur sensible, et qui a grand besoin d'amour et d'affection. Veillez de loin sur eux, mon frère et ne les abandonnez pas. Vous devez avoir à Grenoble des amis puissants; je compte sur vous et sur eux. Priez pour moi du fond de votre retraite. J'ai connu déjà de bien amères douleurs dans mon pays; je vais en connaître de plus amères encore à l'étranger. Mais, de loin comme de près, ma pensée sera auprès de vous, de ma femme et de mes enfants. Dieu vous tiendra compte de ce que vous ferez pour eux, et un jour, bientôt, il faut l'espérer, je pourrai vous en aller remercier moi-même.

« Adieu, frère, au revoir dans ce monde ou dans l'autre. J'ai la conscience d'avoir rempli mon devoir; je vous lègue, si je meurs, ce que j'ai de plus cher sur la terre. C'est un dépôt doublement sacré, merci d'avance de votre dévouement et de votre amitié. »

Des larmes avaient coulé des yeux du comte en écrivant cette lettre, elles avaient laissé sur le papier une empreinte qu'Albert reconnut aisément. Il baisa tendrement ces lignes qui étaient tout ce qui lui restait de son père. Il chercha vainement dans la cellule quelque autre lettre de cette main chérie, il n'en trouva plus. Le capitaine n'avait pas trop de temps à lui pour écrire souvent. Les assiégeants ne laissaient guère respirer les assiégés.

VIII

L'INTÉRIEUR DE LA GRANDE-CHARTREUSE.

De la cellule du père Général, Albert parvint dans une vaste bibliothèque, bien autrement fournie de livres que celles des Pères dont il occupait les cellules. Elle contenait beaucoup de volumes à grand format, sans doute bien savants, mais au-dessus de la portée de son âge et de son instruction.

Tout-à côté, un escalier conduisait dans une chapelle souterraine où se voyait un autel fort singulier, fait en entier avec des racines de différents arbres. C'était une mosaïque très-curieuse, qui néanmoins n'arrêta pas longtemps son attention.

Ils sortirent précipitamment de cette espèce de souterrain. Mathilde avait peur; elle tirait son frère par son habit et voulait s'en aller ; ils revinrent auprès de leur feu et, une heure après, visitèrent les autres chapelles qui se trouvent dans le long corridor d'entrée. A l'exception d'un grand tableau placé au-dessus d'un autel, elles ne leur offrirent rien de remarquable.

A l'extrémité de ce corridor, près de la porte de la cour, deux autres petits couloirs conduisaient à de grandes salles meublées de longues tables, de buffets en bois blanc et de quelques chaises ; au-dessus de la porte de ces salles se lisait : *salle de Bourgogne, salle d'Aquitaine, salle d'Allemagne, salle d'Italie.* C'est là que se réunissaient les supérieurs des divers couvents de l'Ordre, lorsqu'ils venaient assister au chapitre général qui se tenait tous les trois ans. Les cellules qu'ils occupaient dans cette circonstance étaient situées tout autour de chacune de ces pièces.

Sans trop comprendre ce que signifiaient les inscriptions placées au-dessus de ces diverses entrées, les enfants parcoururent silencieusement ces salles sombres et tristes. Un escalier s'offrit ensuite à eux ; ils montèrent au premier étage. Le corridor du rez-de-chaussée y était répété ; mais ce corridor était tapissé d'une multitude de grands tableaux représentant les Chartreuses qui existaient dans les autres villes de la France et de l'Europe.

Ils suivirent cette longue galerie, et, parvenus
à son extrémité, ils se trouvèrent dans une grande
salle carrée, remarquable par son étendue et la
hauteur de son plafond. Tout autour étaient ran-
gés les portraits d'un grand nombre de religieux.
C'étaient les généraux de l'Ordre qui l'avaient
gouverné depuis saint Bruno. Un nom et une date
étaient inscrits au-dessous de chacun d'eux. Un
peu plus bas, on voyait de magnifiques tableaux
qui retraçaient les diverses circonstances de la vie
de saint Bruno.

Enfin, au-dessous de ces tableaux régnaient des
bancs destinés aux Pères qui étaient convoqués
aux assemblées ou chapitres de l'Ordre. Au fond
de la salle, un siége un peu plus élevé indiquait
la place où s'asseyait le supérieur général, et ce
siége était surmonté par un admirable tableau représentant le Christ mourant.

L'expression de douleur répandue sur cette belle
et noble figure rappela encore à nos petits orphelins les traits si pâles et si tristes de leur mère
expirante. Leur cœur se serra, et, fatigués de cette
excursion, craignant de s'égarer en s'aventurant
plus loin, ils revinrent dans la galerie des cartes
et regagnèrent leur cellule, pour réchauffer leurs
membres que le froid avait engourdis.

Pendant quelques jours, ils n'osèrent remonter
à l'étage supérieur : ces longues galeries, ces salles

État actuel du cloître de la Chartreuse. (Page 127.)

qui se succédaient sans fin, ces détours dans cette immense maison, leur inspiraient une sorte de frayeur qu'ils avaient peine à surmonter.

Cependant la curiosité et le désœuvrement finirent par l'emporter, et ils reprirent la suite de leurs explorations. Ils parcoururent de nouveau la galerie des cartes, revinrent dans la salle des portraits ou du chapitre et, prenant un petit couloir à gauche, ils se trouvèrent tout à coup dans ce qu'on appelle le grand cloître. Ils restèrent stupéfaits à la vue de cette interminable galerie de cent vingt mètres de longueur, éclairée par soixante-cinq fenêtres. Ils la parcoururent lentement dans toute son étendue. Mathilde s'attachait aux vêtements d'Albert, craignant de se perdre sous ces sombres voûtes.

Arrivés à l'extrémité, ils découvrirent une autre galerie parallèle, tout aussi étendue et éclairée par le même nombre de fenêtres. Le long de ces deux immenses cloîtres régnaient des cellules destinées aux Pères. Sur la porte de chacune d'elles se lisaient des inscriptions tirées des Livres saints, la plupart d'un laconisme saisissant, et indiquant toutes en général le bonheur de vivre dans la solitude.

A côté de chaque porte était un petit guichet muni d'un tour qui servait à faire passer à l'habitant de la cellule son modeste repas, car les

Chartreux ne mangeaient ensemble qu'à certains jours. Ils visitèrent quelques-unes de ces cellules; elles étaient toutes construites et distribuées de la même manière. Au rez-de-chaussée, se trouvait une grande pièce servant de bûcher, d'entrepôt pour les outils du jardinage; au premier étage existaient deux autres pièces, dont l'une paraissait avoir été habituellement une anti-chambre et l'autre une chambre à coucher. Un prie-Dieu, une table, trois ou quatre chaises de bois et une espèce de grand coffre fermé par des rideaux grossiers et garni d'un sac rempli de paille servant de lit, en composaient tout l'ameublement. Dans un certain nombre de ces cellules, la première chambre tenait aussi lieu de cabinet de travail à quelques Pères, dont plusieurs s'occupaient à confectionner au tour différents ouvrages d'ébénisterie; les autres écrivaient, priaient ou rêvaient dans ce dernier asile où ils étaient venus se réfugier loin du monde.

Au devant de chacune de ces petites habitations, s'étendait un petit jardin semblable à ceux dont j'ai déjà parlé ; enfin, au-dessus existait un galetas presque toujours vide. Il y avait quelque chose de saisissant dans ces humbles retraites habitées peu de jours auparavant par des hommes dont quelques-uns du moins avaient connu le monde, les jouissances du luxe, la gloire, la renommée

peut-être, et qui, trahis ou vaincus par des douleurs au-dessus de leurs forces, étaient venus
s'ensevelir dans l'obscurité et demander à Dieu
et à la Religion l'oubli de leurs misères et le
moyen de vivre et de mourir en paix.

Hélas! ce dernier bonheur qu'ils avaient espéré leur avait été refusé, et, rejetés violemment
hors de ce cloître solitaire, sans ressources, sans
asile, ils avaient dû recommencer un nouveau pèlerinage plus douloureux encore sur la
terre de l'exil. L'un d'eux, en partant sans doute,
avait écrit avec du charbon, sur le mur blanc
de sa chambre à coucher, ces mots empreints de
tant de tristesse: « J'avais espéré mourir ici, Dieu
ne l'a pas voulu! »

Albert sentait ses yeux se remplir de larmes en
présence de tant de désolation et d'isolement. Mathilde avait peur de voir surgir tout à coup quelque moine de ces bahuts qui leur servaient de lit.
Ils retraversèrent le grand cloître, dont la voûte,
par ses détails de style différent, indique qu'elle
date de deux époques. En effet, la partie la plus
moderne est du dix-septième siècle, mais la plus
ancienne, qui est du style gothique, remonte au
commencement du treizième. Cette dernière, si
remarquable, a été commencée par saint Anthel-
me, septième supérieur général de l'Ordre, et n'a
été achevée que vers le quinzième siècle, grâce

aux dons généreux de Marguerite, duchesse de Bourgogne.

Le long de ces corridors, du côté opposé aux

Cimetière des Pères.

cellules, s'ouvraient différents espaces recouverts de neige. Au milieu du grand cloître, se trouvait le cimetière des Pères, placé de la sorte sous leurs yeux et à quelques pas de leur cellule. Les tombes des généraux de l'Ordre étaient distinguées par une croix de pierre qui portait leur nom et la date de leur mort. Les autres tombes n'avaient ni pierre ni croix, pas même une fleur ; le gazon ou la neige les recouvrait et il ne restait plus aucune trace, aucun souvenir de ceux qui y avaient été ensevelis. L'aspect de ce lieu avait quelque chose de navrant. Dans les cimetières des villes et même des campagnes, la piété des vivants entretient autour des tombes des arbres funéraires et cultive des fleurs, qui dérobent à la mort ce qu'elle a de trop lugubre. Ici, quatre murailles nues entouraient ce champ de repos ; pas un arbuste, pas un souvenir qui indiquât qu'un parent, un ami, venait quelquefois y prier. La terre, comme les murs, tout y suait l'oubli.

Mathilde n'y put tenir. Depuis longtemps elle pleurait sans qu'Albert y prît garde. Son cœur serré pensait à sa mère, le froid la saisissait, et, pâle, oppressée, elle eut à peine la force de crier à son frère : « Allons-nous-en. » Elle allait tomber évanouie, quand Albert la reçut dans ses bras. Une fontaine coulait tout près de là, vers le milieu de l'un de ces corridors ; il y transporta sa sœur et humecta sa figure de cette eau glacée. La pauvre enfant rouvrit les yeux et pleura de nouveau.

Ces images de mort et de destruction qui la

poursuivaient depuis trois mois, à Lyon, à Grenoble, jusque dans la solitude où Dieu l'avait je-
tée, ébranlaient trop vivement son imagination
accoutumée à des impressions plus douces. Revenue à elle, elle s'appuya sur le bras de son frère
et reprit lentement le chemin de sa cellule, Albert
se hâta d'y ranimer le feu et passa le reste de la
journée à consoler, à rassurer sa petite sœur.

IX

DÉCOUVERTES NOUVELLES.

Quelques jours se passèrent plus tranquilles.

Mathilde semblait avoir oublié ses terreurs passées et son esprit se livrait à des pensées plus gaies.

Une découverte que fit Albert acheva de faire épanouir son cœur. Depuis leur départ de Grenoble, ils n'avaient eu à leur disposition, ni nappes, ni serviettes, ni draps de lit. Il leur fallait coucher enveloppés tout habillés dans d'épaisses couvertures de laine, et, quand ils voulaient s'essuyer la figure ou les mains, c'était encore à des étoffes de laine qu'ils étaient obligés d'avoir recours. Cette absence de linge était pour eux une privation cruelle.

Un jour, Albert, en cherchant je ne sais quoi
dans une pièce voisine de l'une des salles à manger où l'on recevait les étrangers, ouvrit un placard qu'à sa grande stupéfaction il trouva rempli
de linge. Il courut appeler Mathilde, qui sauta de
joie à cette vue. Vite, ils descendirent des draps,
des serviettes, des essuie-mains, et ils se confec-
tionnèrent un lit véritable, cette fois. Quel bonheur ce fut pour eux, le soir, de se déshabiller
enfin, de s'étendre dans du linge bien blanc ! quel
bon sommeil ils firent cette nuit-là ! quel plaisir,
le lendemain, de s'essuyer la figure avec des serviettes fines ! L'eau ne paraissait plus aussi glacée,
et ces petites améliorations à leur sort, que Dieu
leur envoyait de temps en temps, remplissaient
leur âme de bonheur et de reconnaissance.

Peu à peu, Mathilde se mit à faire la femme de
ménage. C'est elle qui avait soin du peu de linge
de corps qu'ils avaient apporté avec eux de Grenoble ; c'est elle qui présidait aux petites lessives
qu'ils eurent à faire pour blanchir leurs chemises,
leurs mouchoirs et leurs bas ; c'est elle qui faisait
sécher devant le feu ces diverses parties de leurs
vêtements. Il fallait voir avec quel soin elle les
pliait ensuite, avec quelle gravité elle s'occupait
de ces petits travaux ! Ses mains se rougissaient
au contact de l'eau glacée, elle n'y prenait pas
garde, tant elle était fière de ses occupations.

Désormais leur table eut une nappe et des serviettes. Les assiettes étaient bien propres, les ver-
res bien essuyés, mais les cuillers, les fourchettes
et les couteaux manquaient toujours; aussi ne
faisaient-ils que rarement de la soupe, par suite
de l'embarras dans lequel les mettait l'absence
des cuillers, auxquelles ils suppléaient vainement
par de petites planchettes de bois.

Un matin, ils entendirent retentir dans la cuisine un bruit singulier. C'était un son clair comme
celui de pièces de fer qui résonnent sur la pierre.
Ils coururent savoir d'où provenait ce bruit, et ils
virent la chèvre Myrrha qui traînait et secouait
un sac qu'elle avait tiré de je ne sais où et qui
s'amusait, avec son petit air mutin, à en faire
sortir une masse de cuillers et de fourchettes d'é-
tain. Mathilde l'embrassa pour sa récompense, et,
ce jour-là, sa découverte valut à Myrrha double
ration.

Aussitôt la marmite fut hissée sur le feu, les
pommes de terre furent bientôt prêtes, raclées avec
le vieux couteau dont j'ai déjà parlé et qui, faute
d'autres, était bien précieux pour eux. Aux pommes de terre, ils joignirent des haricots blancs, et
le tout, accompagné de larges fragments de leur
pain coupé à coups de hache, leur procura un
excellent festin dont Myrrha eut sa bonne part. Il
ne leur manquait, pour ainsi dire, plus rien; l'a-

bondance présidait à leur ordinaire, et chaque jour
y ajoutait quelque chose de nouveau.

Ainsi, un soir, Albert trouva au fond d'un placard qui avait échappé à ses recherches, une série
de grands pots contenant du thon mariné, chose
qui n'était pas à dédaigner pour gens réduits aux
pommes de terre et aux fruits secs. Un autre jour,
ils ouvrirent une caisse qui était remplie de harengs
salés; mais faute de savoir les préparer, les harengs ne leur furent que d'un médiocre secours.

Dans la chambre du père Procureur où ils cou-
chaient, Albert découvrit, dans un enfoncement
pratiqué dans le mur, une bouteille de forme bizarre et que remplissait une liqueur d'un jaune
verdâtre. Il en goûta : le parfum de cette liqueur
était exquis, mais elle était si forte, qu'il en fut
un moment suffoqué; néanmoins il ressentit à
l'estomac une chaleur qui lui fit grand bien. C'é-
tait une bouteille de cet élixir dont les Chartreux
avaient déjà le secret à cette époque, et qui est
composé avec les fleurs et les aromates que fournissent les plantes de leurs montagnes. Cette liqueur bienfaisante leur fut d'un utile secours
dans les légères indispositions que le grand froid
leur occasionna à diverses reprises.

Le temps s'écoulait sans trop d'ennui pour eux.
Ils se levaient tard; à peine levés, ils ne manquaient jamais de s'agenouiller devant l'oratoire

de la cellule et de prier avec une touchante ferveur pour leur père, qu'ils ne pouvaient se décider à croire mort et qu'ils ne désespéraient pas
de revoir un jour ; puis ils priaient pour leur
mère, pour leurs autres parents qui vivaient loin
de la France, livrés aux hasards et aux misères de
l'exil ; enfin ils priaient pour eux, remerciant Dieu
de ce qu'il avait fait, de ce qu'il faisait tous les
jours en leur faveur. Ils lui demandaient, avec la
sagesse, la conservation de la santé, afin de pouvoir se réunir à leur famille. Ils terminaient cette
prière en implorant le ciel, selon la sainte habitude qu'ils devaient à leur mère, pour la France,
que les méchants opprimaient, et pour les nombreuses victimes de ses impitoyables oppresseurs.

Le feu bien ranimé, ils s'occupaient de préparer
leur nourriture de la journée, délibérant grave-
ment sur ce qui se mangerait ce jour-là, et ils
avaient de quoi choisir. Le choix fait et arrêté,
chacun se rendait à la cuisine et procédait à l'im-
portante affaire de la préparation du déjeuner.

Un jour, Albert essaya de faire cuire une merlu-
che, mais le cuisinier novice, ne sachant pas qu'il
faut d'avance, et pendant longtemps, faire dessa-
ler ce poisson, ne réussit qu'à faire un plat dé-
testable, et qu'il fallut jeter. Peu à peu cependant, l'expérience lui vint, et il finit par ajouter

une ressource de plus à leur ordinaire. Quant au dessert, il était abondant.

La soupe était devenue leur mets principal. Ils avaient découvert, comme je l'ai dit, d'abondantes provisions de riz, de blé grué, de pâtes de toute espèce, et Albert avait peu à peu acquis la science d'un cuisinier.

Leur chèvre, un matin, mit au monde un joli petit chevreau. Ce fut un grand événement et un immense bonheur pour Mathilde, de trouver, en se levant, ce nouveau compagnon de leur solitude. Il était blanc et noir, et déjà ses petits yeux se fixaient avec curiosité sur sa jeune maîtresse. On ne saurait dire de combien de soins et de petites attentions ce nouvel hôte fut entouré. La mère, reconnaissante, léchait les mains des deux enfants pour leur exprimer son attachement.

« Nous aurons bientôt du lait en abondance, disait Mathilde, du lait bien chaud. Car, depuis que nous avons Myrrha, elle ne nous en a guère donné. A présent, il faudra qu'elle en ait pour nourrir son chevreau, il ne tettera pas toujours, alors le lait sera pour nous. Te rappelles-tu, Albert, celui que notre mère nous faisait prendre le matin à Lyon? Je saurai le traire, va; je me lèverai la première pour t'en porter une tasse dans ton lit. » Puis elle sautait au cou de son frère et l'embrassait en souriant.

Ce fut un grand événement pour Mathilde de trouver ce nouveau compagnon. (Page 138.)

Souvent ils recommençaient leurs excursions dans la maison, les longs corridors du cloître plaisaient surtout à l'imagination d'Albert; il aimait à rêver sous ces sombres arceaux. Enveloppé de sa robe de moine qui le protégeait contre le froid, il se représentait ces pères Chartreux glissant silencieusement sur ces dalles polies par leurs pas et sortant de leur cellule pour se rendre à l'église, puis revenant de l'église pour se renfermer de nouveau dans le silence de leur froide retraite.

La pensée de son oncle s'offrait souvent aussi à son esprit, il l'aimait sans le connaître. N'était-ce pas le frère de son père? Que dirait-il s'il reparaissait tout à coup dans son couvent, d'y trouver installés, seuls, ses deux petits neveux? Mais, quoiqu'il mît son esprit à la torture, il ne pouvait s'expliquer le motif de l'abandon de cette maison, de l'absence des religieux, et ces masses de provisions qui indiquaient suffisamment qu'ils avaient eu l'intention d'y passer l'hiver. Pourquoi donc les chasser de leur demeure? Quel mal ont-ils fait? Comment leur maison n'a-t-elle pas été mise au pillage? Comment tout y était-il si bien en ordre quand nous sommes arrivés? Ne reviendront-ils pas bientôt?.... et néanmoins les jours s'écoulaient sans que personne parût.

Souvent il cherchait, dans ces cellules désertes,

quelque trace de la vie de ceux qui les avaient habitées. Son imagination, surexcitée par tout ce qui l'avait frappée depuis quelques mois, s'agrandissait encore en présence de tous ces souvenirs et sous le coup de ces impressions; puis, quand le froid le gagnait, il se hâtait d'accourir auprès de Mathilde et du bon feu qui brûlait continuellement dans leur cheminée.

Les soirées étaient longues, mais les lectures qu'Albert faisait à haute voix les abrégeaient un peu; Mathilde l'écoutait avec attention, ou bien l'interrompait pour parler de ce qui la préoccupait sans cesse : de son oncle, de son père, de sa mère, de leur situation présente, de ce qu'ils deviendraient si, au retour du printemps, ils étaient obligés, faute de moyens d'existence à la Grande-Chartreuse, de redescendre à Grenoble, où personne, peut-être, ne voudrait les accueillir. Enfin, quand le sommeil commençait à les gagner, tous les deux s'agenouillaient pour la prière du soir qu'Albert prononçait à haute voix, et que Mathilde répétait tout bas. Ensuite, ils recouvraient soigneusement leur feu avec la cendre, s'embrassaient tendrement et s'endormaient en paix.

C'est ainsi que s'écoulaient toutes leurs journées monotones, et cependant ils ne s'ennuyaient pas; ils remerciaient, au contraire, à chaque in-

stant, la Providence qui les avait si visiblement
protégés.

Albert avait conservé avec soin les bijoux et
les pièces d'or, modeste héritage que lui avait remis sa mère en mourant. Il sentait qu'un jour il
pourrait en avoir besoin, s'il venait à quitter le
couvent qui leur servait momentanément d'asile;
mais ces ressources épuisées, comment gagne-
rait-il sa vie et celle de Mathilde? Il ne connaissait aucun art manuel, il était si jeune et si faible d'ailleurs! Chaque fois qu'il émettait ces idées
devant Mathilde, celle-ci se jetait à son cou et
lui disait, moitié en pleurant, moitié en souriant:
« Ne t'inquiète pas, petit frère, Dieu et notre
mère y pourvoiront. » Mais les caresses de sa
sœur ne rassuraient pas complétement le pauvre
Albert.

Le premier jour de l'an avait passé sur eux
bien triste et bien froid. Un calendrier, appendu
au mur de la cellule du père Procureur, et oublié
aussi par lui, leur avait indiqué cette date. En
pensant à la joie de ce jour les années précéden-
tes, leur cœur s'était serré; ils étaient à Lyon,
fêtés par tous, embrassés tendrement par leurs
parents, comblés de cadeaux, de bonbons, voyant
affluer chez eux tous les amis de leur famille.
Hélas! que de changements s'étaient opérés en un
an! La fuite, la mort, l'exil, l'abandon et la soli-

tude du désert, voilà ce qui avait succédé à ce passé si beau, si heureux! Aussi ce jour-là furent-ils plus tristes que d'ordinaire, leur petite cuisine en souffrit, et à peine purent-ils manger, le cœur gros de soupirs et les yeux pleins de larmes.

Cependant le temps s'écoulait, quelques rayons de soleil avaient paru, mais le froid était tout aussi intense et la neige ne diminuait pas; il en était tombé une quantité prodigieuse depuis leur arrivée, et ils calculaient qu'il faudrait bien des semaines pour qu'elle fondît.

Albert fit la revue de toutes ses provisions : il trouva, en retranchant ce qui s'était gâté ou desséché, qu'ils en avaient encore pour subsister plus de six mois : d'ici là, l'hiver aurait cessé et, sans aucun doute, quelqu'un aurait pu aborder le couvent et leur donner quelques renseignements sur ce qui se passait au dehors, renseignements qui les guideraient dans ce qu'ils devraient faire.

Depuis la naissance du petit chevreau, Mathilde ne parlait plus autant de s'en aller; elle se trouvait pour ainsi dire heureuse, et sauf les moments que réclamaient ses fonctions de femme de ménage et son frère, elle donnait tout son temps à voir, courir, folâtrer son petit compagnon. Sa chèvre commençait à laisser prendre son lait, et ce breuvage, si doux et bien chaud, leur faisait un plaisir extrême; c'était encore Mathilde qui s'était chargée de traire la mère avec ses jolis petits doigts; elle s'en acquittait avec grâce et aisance, comme aurait pu le faire une fermière exercée.

Le mois d'avril venait de commencer : dans la plaine, av il est un mois de printemps; à la Grande-Chartreuse, c'est encore l'hiver; cependant des bises plus tièdes venues d'en bas annonçaient que le froid ne tarderait pas à cesser et que la neige allait disparaître. Nos deux enfants, depuis quelques jours, se hasardaient parfois dans la cour d'entrée et même hors de la grande porte, mais ils rentraient bien vite, effrayés et croyant voir partout un danger qui les menaçait.

X

UN INCONNU.

Un soir, Albert et Mathilde venaient de rentrer d'une petite excursion faite au dehors. Le jour commençait à tomber ; le vent du nord qui, depuis la veille, soufflait de nouveau avec violence, présageait une tempête prochaine et peut-être une recrudescence de neige. Albert traversait le corridor pour entrer dans la cuisine, quand il aperçut tout à coup à l'extrémité de la cour, près de la grande porte, la silhouette d'un homme se détachant sur le fond blanc du sol couvert de neige.

A cette vue, il poussa un cri perçant et resta immobile, pâle de surprise et de terreur. Mathilde et sa chèvre accoururent à ce cri, et à l'aspect de cette apparition inattendue, Mathilde fut sur le point de s'évanouir.

« Rentre, petite sœur, lui dit à voix basse Albert, qui sentait renaître son courage à la vue de sa sœur, je vais savoir ce que c'est que cet étranger. Que veux-tu qu'il fasse à deux enfants comme nous? »

Et s'armant résolûment d'un bâton, il s'avança au-devant de l'étranger.

C'était un homme jeune encore, vêtu d'habits en lambeaux et le corps déjà voûté plutôt par la souffrance que par la maladie. Une longue barbe couvrait son visage; il tremblait de froid et paraissait pouvoir à peine se soutenir. Ses traits, pleins de distinction, étaient empreints d'une tristesse profonde, et, malgré le délabrement de son costume, Albert reconnut aisément que cet homme venait de plus loin que de ces montagnes et appartenait à une classe élevée de la société.

En apercevant cet enfant qui s'avançait ainsi vers lui et que la vaste étendue du corridor et l'éloignement faisaient paraître encore plus petit, l'étranger parut surpris et hésita.

Quand Albert fut à quelques pas de lui, il le salua avec des formes respectueuses qui annonçaient autre chose qu'un mendiant ordinaire :

« Enfant, lui dit-il, je ne sais qui vous êtes, ni si vous vivez seul dans cette sainte demeure;

mais, au nom du Ciel, donnez pour cette nuit un
asile et du pain à un homme qui a bien souffert,
sans le mériter cependant, et qui vous bénira
toute sa vie pour le secours que vous lui procu-
rerez.

« J'arrive de loin, à pied, malade, brisé par la
douleur et le chagrin. Je n'ai pas mangé depuis
deux jours ; je cherche un passage dans ces montagnes pour me rendre en Savoie et échapper à
ceux qui me poursuivent. Ne craignez rien, je
n'ai jamais fait de mal à personne. »

La tristesse répandue sur cette belle et noble
physionomie émut vivement Albert.

« Entrez, lui répondit-il, je ne suis qu'un enfant ; je vis réfugié ici avec ma sœur ; nous sommes seuls, nous vous accueillerons de notre
mieux. Tout me dit que nous n'avons rien à craindre de vous. »

Et, guidant l'étranger, il l'introduisit dans la
cuisine et ranima la flamme du foyer, qui parut rendre la vie au malheureux. Il se hâta
ensuite d'étaler devant lui tout ce qu'il put
trouver de mieux dans les provisions qui lui
restaient.

Mathilde, qui d'abord s'était enfuie effrayée au
fond de sa chambre, entendant son frère rame-
ner l'étranger et causer avec lui, s'était hasardée
à revenir sur ses pas et avançait sa jolie tête

Il s'arma résolûment d'un bâton. (Page 147.)

blonde derrière la porte de la cuisine, pour apercevoir ce nouvel hôte qui arrivait ainsi avec la nuit.

« Viens donc, petite sœur, — lui cria Albert ; — ne crains rien, c'est un ami. »

Mathilde, à demi rassurée, hésitait toujours, mais Albert vint la prendre par la main et la conduisit auprès de l'étranger.

« Pauvres enfants, disait celui-ci, si jeunes et déjà si abandonnés ! Vous avez donc connu aussi le malheur ! Hélas ! dans ces temps maudits, qui épargne-t-il ? Ni l'âge, ni le sexe, ni la vertu ne sont à l'abri de ses coups. Ici, du moins, vous ne savez pas, vous ne voyez pas ce qui se passe ailleurs. Vous vivez en paix, et si vos larmes coulent parfois, ce n'est pas le désespoir qui les arrache !

— Mangez donc, mon ami, lui répondait Albert, buvez de ce vin qui vous réchauffera ; ensuite vous dormirez, car vous devez avoir besoin de repos, et demain nous causerons comme de vieux amis. Vous nous direz vos malheurs, nous vous raconterons les nôtres, et nous nous consolerons ensemble. »

Mais l'étranger, surpris au delà de toute expression de trouver ainsi dans ce vaste monastère inhabité, deux enfants aussi jeunes qui paraissaient appartenir à une famille distinguée et qui vivaient complétement seuls, ne songeait pas à manger.

Peu à peu cependant, charmé de l'affabilité et de là bonne grâce de ses hôtes, enchanté de cette hospitalité qui l'accueillait dans ce désert où, depuis plusieurs jours, il n'avait pas aperçu figure humaine, l'étranger consentit à prendre quelques aliments. La fatigue, la chaleur du feu, les émotions qui l'avaient accablé, fermèrent bientôt ses paupières, et il s'assoupit, pour ainsi dire, en parlant.

Les enfants se gardèrent bien dè troubler son sommeil. Albert arrangea le feu de manière qu'il pût durer toute la nuit; puis, assujettissant le banc où leur hôte était endormi, il alla chercher une couverture de laine et en recouvrit ses épaules, pour que le froid ne le saisît pas pendant qu'il dormirait. Alors, laissant à sa portée les restes du souper, il se retira dans sa cellule avec Mathilde.

Mais, à leur prière du soir, les deux enfants ajoutèrent quelques paroles de plus pour implorer le ciel en faveur de cet homme qui paraissait avoir tant souffert et leur inspirait un si vif intérêt. « Notre père, disait Albert, erre peut-être ainsi dans les bois à l'heure qu'il est : mon Dieu, fais qu'il trouve aussi des cœurs compatissants qui aient pitié de lui ! »

Il se retira dans sa cellule avec Mathilde. (Page 152.)

Le lendemain de bonne heure, l'enfant fut levé et, s'avançant d'un pied léger pour ne pas interrompre le sommeil de son hôte s'il dormait encore, il entra dans la cuisine. L'étranger était réveillé, et son premier mot fut un remercîment pour Albert :

« Merci, généreux enfant, lui dit-il, vous m'avez sauvé la vie. Sans vous je périssais de froid et de faim dans ce désert. Mes forces étaient à bout, et si je ne vous avais rencontré, j'étais décidé à m'étendre sur ce seuil abandonné, et j'y serais mort. Mon cadavre eût servi de pâture aux loups, et ma mort fût restée ignorée de tous. Ah ! puisse le ciel vous préserver de tous les maux que j'ai soufferts ! »

Mathilde courut lui chercher une tasse du lait de sa chèvre. L'étranger le reçut avec un sourire affectueux, et Albert, ranimant le feu, s'occupa de préparer le déjeuner.

Les pommes de terre cuites sous la cendre, le miel, les raisins, le thon, le pain détrempé en firent tous les frais, mais c'était beaucoup pour notre inconnu, qui paraissait avoir longtemps séjourné dans les bois et cruellement souffert de la faim.

Albert et Mathilde prenaient plaisir à le voir manger.

« Ah ! dame, lui disait Albert, ce n'est pas ici comme quand nous étions à Lyon....

— A Lyon ! s'écria l'étranger, vous êtes de Lyon ?...

— Oui, et nous en sommes sortis au mois de novembre, avec notre mère qui fuyait devant les soldats qui allaient y entrer. »

Mais l'étranger, immobile de stupeur, ne trouvait plus de paroles pour exprimer ses pensées.

« Quoi ! dit-il enfin, vous avez quitté Lyon après ce siége maudit ? Quoi ! votre père, votre mère y ont assisté ? Ah ! je sens maintenant pourquoi, du premier moment que je vous ai vus, je vous ai aimés. Pauvres enfants ! et moi aussi, je suis une victime de cette époque fatale ! »

Et plongeant sa tête dans ses deux mains, il laissa couler ses larmes.

Mais, bientôt, secouant ses pensées amères, il demanda aux enfants ce qu'était leur père et comment il se nommait.

« Mon père, lui dit Albert, était capitaine dans l'armée qui défendait Lyon, il se nommait le comte de Meylan.

— Le comte de Meylan ! mais c'était mon capitaine ! Je servais sous ses ordres comme lieutenant ; il est parti avec les braves qui ont suivi la fortune du comte de Précy. Savez-vous s'il a eu le bonheur d'échapper aux dangers de cette terrible retraite ? Ah ! je vois bien qu'il est mort, reprit-il, puisque vous êtes ici !

— Nous ignorons s'il est mort, nous n'en avons plus eu de nouvelles depuis son départ de Lyon. Nous avons quitté la ville avec notre mère pour échapper aux vengeances des ennemis de notre père. Nous avons voyagé à pied tous les trois. A Grenoble, notre pauvre mère est morte, et nous sommes restés seuls. »

Ici, sa voix s'altéra et ses larmes coulèrent; ensuite il acheva de raconter à l'étranger comment ils étaient venus à la Grande-Chartreuse chercher leur oncle, d'après les dernières recommandations de leur mère mourante, comment ils avaient trouvé la maison déserte, et comment Dieu avait pourvu à tous leurs besoins jusqu'à ce jour.

L'inconnu ne pouvait s'empêcher d'admirer la grâce et la raison précoce de ce jeune enfant.

« Hélas! lui dit-il, déjà orphelin! mais qui sait? votre père vit sans doute encore. Ah! que n'ai-je pu suivre ses pas! j'aurais peut-être succombé et je serais du moins délivré de toutes mes souffrances.

« Lorsque ce malheureux siége de Lyon fut terminé, il me fut impossible de m'éloigner avec votre père et les braves qui s'attachèrent au sort du comte de Précy. Je souffrais cruellement d'une blessure qui ne me permettait pas de marcher.

Un ami généreux me donna asile dans une cave de sa maison; de cette manière je pus échapper à toutes les recherches qui furent faites, d'autant plus que l'on me croyait parti avec les autres. L'ami qui se dévouait pour moi, avait accrédité ce bruit, et je fus sauvé, du moins pour un certain temps.

« Du fond de ma retraite, j'entendais les cris de rage de cette nuée de bourreaux que nos ennemis avaient entraînés sur leurs pas pour piller et égorger les habitants de Lyon. Ma retraite recevait un mince filet de jour par la rue Romarin, voisine de la place des Terreaux qui était continuellement inondée de sang, et de mon lit de douleur, j'entendais les coups sourds de l'instrument de mort qui abattait chaque jour les têtes de nos amis et de nos parents. Je pouvais compter à mon aise les vies qui se terminaient ainsi sous le fer du bourreau. Non, mes enfants, vous ne saurez jamais ce que j'ai souffert ainsi! j'aurais voulu mourir, Dieu ne l'a pas permis!

« Au bout d'un mois, je fus guéri, mais ma raison paraissait prête à s'égarer. Deux fois les visites domiciliaires faites dans toutes les maisons amenèrent les cannibales jusqu'à la porte de la cave qui me servait de refuge, deux fois j'échappai à leurs recherches. Je restai encore un grand mois dans cette espèce de tombeau, où du moins je pouvais, grâce à l'obscurité, pleurer en liberté tous ceux que j'avais aimés.

« Enfin, un soir, j'en fus tiré par mon sauveur, qui me fit revêtir un habit de soldat de la république ; une feuille de route avait été préparée pour moi sous un nom supposé, et je partis pour l'armée, dans la ferme intention de m'y faire tuer en combattant.

« J'avais traversé Lyon et le Rhône ; au faubourg de la Guillotière, le hasard ou le malheur voulut que je fusse reconnu par un ancien perruquier qui avait habité longtemps près de ma demeure. Cet homme m'appela par mon nom ; machinalement, je tournai la tête ; j'étais perdu, je le sentis. Je pris rapidement ma course, sans savoir où j'allais ; au bout de quelques heures, n'entendant plus derrière moi les pas de ceux qui m'avaient poursuivi, je m'orientai. J'étais sur la lisière d'un bois, j'y entrai et m'y reposai quelque temps ; ensuite, profitant des dernières heures de la nuit, je gagnai une grange abandonnée et m'y enterrai dans la paille. Une soif ardente me faisait cruellement souffrir ; cependant il ne fallait pas songer à sortir de ma cachette avant la nuit prochaine. Mon sac renfermait quelques provisions ; heureusement pour moi, je ne m'en étais pas débarrassé en fuyant, je mangeai et m'endormis.

« Vers le soir, je fus réveillé par des voix qui

prononcèrent mon nom ; le cœur me battait violemment. J'écoutai ; « Le scélérat, disait-on, a
« gagné le large ; sans la nuit, nous le tenions ;
« il l'a échappé belle ! Il doit être près de la Suisse
« à l'heure qu'il est, » ajoutait-on. Ces mots me
firent comprendre qu'on se trompait sur le chemin que l'on supposait avoir été pris par moi ; je
respirai et repris courage.

« Une heure après, n'entendant plus aucun bruit,
je sortis doucement de ma retraite, incertain du
côté vers lequel je porterais mes pas. Il ne fallait
pas songer à revenir à Lyon, j'y aurais été infail-
liblement reconnu ; d'ailleurs le trajet vers la
Suisse, qui était la route choisie par le comte de
Précy et ses malheureux compagnons, offrait trop
de dangers. Je résolus de suivre ma première
direction et de me rendre en Dauphiné ; de là je
pourrais gagner la Savoie par les montagnes qui
environnent la plaine à l'entrée de laquelle s'é-
lève la ville de Grenoble.

« Je partis donc, invoquant la Providence, sur
laquelle seule je devais désormais compter. Les
deux premières nuits se passèrent sans accident ;
la route, parfois boisée, que je suivais, me four-
nissait vers le soir une retraite paisible ; le temps
était froid, mais je ne m'apercevais pas de cet in-
convénient : j'étais tout entier aux dangers de ma
situation.

Ils m'eurent bientôt atteint. (Page 163.)

« Le troisième jour, j'approchais d'une petite ville nommé Voiron, que je cherchais à éviter, quand deux gendarmes qui me rencontrèrent me demandèrent mes papiers. J'avais égaré la feuille de route dont j'étais muni, je voulus fuir; ils

Voiron vue de la place.

m'eurent bientôt atteint et me conduisirent devant l'autorité du lieu. Là encore, je fus reconnu pour venir de Lyon; mais le maire, homme plein de compassion et d'humanité, me fit signe de le laisser agir. Par son ordre, on m'enferma dans une espèce de bâtiment en assez mauvais état et que

l'on appelait la prison. Pendant la nuit, il vint lui-
même me délivrer ; il me conduisit dans sa demeure, m'y cacha à tous les regards, m'y combla
de soins, et répandit le bruit que je m'étais
évadé.

« Les blessures que j'avais reçues à Lyon et qui
paraissaient d'abord guéries, venaient de se rou-
vrir, j'étais incapable de marcher. Je restai chez
mon bienfaiteur pendant huit jours ; au bout de
ce temps, je me remis en chemin, avec des habits
de paysan qu'il m'avait procurés. A Grenoble, je
tombai encore malade ; je fus conduit à l'hôpital,
où j'entendis bien des fois raconter les malheurs
de mes compagnons d'armes. J'y restai deux mois
entre la vie et la mort ; enfin, je fus en état de
repartir.

« Mais un des infirmiers, Lyonnais comme moi,
m'avait reconnu et courut me dénoncer après mon
départ. Je n'ai jamais pu m'expliquer pourquoi il
ne l'avait pas fait plus tôt. On envoya à ma poursuite, comme je venais de franchir les dernières
maisons du hameau de l'Egala. Me doutant de ce
que pouvaient être ces hommes que je découvris
de loin du haut de l'élévation sur laquelle est
tracée la route, je me dirigeai vers la montagne
et m'enfonçai dans les bois.

« Deux nuits passées en plein air me rendirent
la fièvre, et las de vivre, je me présentai à la

porte d'une cabane de paysans et demandai avec
instance que l'on me livrât aux autorités, préfé-
rant la mort à tout ce que j'avais éprouvé depuis
plusieurs mois. Mes généreux hôtes s'indignèrent
de ce que je les croyais capables d'une pareille
trahison, et je trouvai encore chez eux ce que
déjà j'avais trouvé à Voiron et à Grenoble, une
hospitalité franche et dévouée. Quelle différence,
mes enfants, entre les sentiments qui animent les
Dauphinois et le fanatisme sans nom qui a porté
les habitants de Saint-Cyr à massacrer les malheureux compagnons du comte de Précy! Plai-
gnons les méchants, laissons à Dieu le soin de les
juger.

« Néanmoins, je ne voulus pas rester à charge
à ces braves gens. Je tremblais toujours d'attirer
chez eux quelque visite domiciliaire qui aurait pu
avoir des suites funestes pour eux et leur famille;
j'avais tant appris de choses semblables de Lyon!

« Je repartis, malgré leurs instances. Je suivais
les montagnes, dormant la nuit dans un creux de
rocher ou sous l'abri d'un sapin, cherchant à
échapper aux douaniers qui veillent nuit et jour
dans ces pays de frontières et qui pouvaient se
montrer moins humains que les habitants. Mes
vêtements étaient mis en lambeaux par les broussailles et les taillis au travers desquels je me
frayais un passage; mes chaussures étaient em-

portées par les rochers qu'il me fallait gravir ; la
neige et le froid me faisaient cruellement souffrir,
mes anciennes blessures se rouvraient par moments. Je n'avais plus ni courage ni espoir ; j'évi-
tais avec soin les chemins frayés, ménageant les
provisions dont mes derniers hôtes avaient garni
mes poches, m'abreuvant aux nombreux ruisseaux
qui sillonnent ces montagnes, m'égarant à tout
instant et voyant fuir sans cesse devant moi cette
frontière qu'appelaient tous mes yeux.

« Je suis arrivé ici hier soir, n'ayant plus rien
pour me soutenir, à jeun depuis longtemps, ne
désirant désormais qu'une chose, mourir ! car
j'avais trop souffert. En voyant ce couvent, je me
suis senti ranimé ; j'ai pensé que la pitié devait
encore habiter ces lieux et je me suis traîné jusqu'à cette porte où j'ai eu le bonheur de vous
apercevoir. Vous m'avez sauvé ma vie, mes enfants, vous êtes bien les dignes rejetons du comte
de Meylan. Si jamais j'ai le bonheur de revoir
votre père, et quelque chose me dit qu'il aura
échappé à l'effroyable massacre de ses compagnons
de dangers, je lui dirai ce que vous avez fait pour
moi et il vous bénira. »

La journée se passa tout entière en conversa-
tions. L'étranger raconta aux enfants quelques
détails des horribles scènes qui s'étaient passées
à Lyon après leur départ ; il leur peignit avec des

larmes le sort déplorable du comte de Précy et de
ceux qui avaient suivi ses pas et dont un petit
nombre seulement avaient pu gagner la Suisse;
les démolitions, les incendies, les vengeances de
Fouché et de Collot-d'Herbois sur la malheureuse
ville, coupable de trop d'attachement à ses lois et
à ses droits méconnus. Il pleura avec eux, et ces
larmes soulagèrent son cœur si longtemps op-
pressé.

Un lit fut ensuite préparé pour lui dans une
des cellules voisines; les draps blancs firent tres-
saillir d'aise le pauvre soldat qui avait si longtemps dormi à l'air, sur la terre ou sur des feuilles, et, de bonne heure, il dit adieu à ses jeunes
amis pour aller réparer ses forces dans les bras
du sommeil.

Les jours suivants, il parcourut avec eux le
couvent, les longs cloîtres, les vastes galeries désertes; puis, réunis au coin du feu, il leur retra-
çait les combats du siége de Lyon, les exploits de
leur père, les traits de charité et de dévouement
de leur mère; il s'expliqua avec eux la cause de
l'absence des religieux; pourquoi ils avaient
trouvé tant de provisions réunies dans le couvent
et des traces toutes récentes d'habitation. « Il est
probable que quand l'hiver sera passé on viendra
s'établir ici : que Dieu vous protége alors, mes
enfants! »

Pour lui, il ne comptait pas s'arrêter longtemps à la Grande-Chartreuse, il tremblait toujours d'être découvert, arrêté et reconduit à Lyon ; il voulait gagner le plus tôt possible la Savoie et de là passer en Suisse ; il ne se croirait en sûreté que quand il serait arrivé sur cette terre hospitalière. Il n'osait offrir à ses nouveaux amis de les emmener avec lui ; eux ne craignaient rien pour le moment, mais qui savait ce qui pouvait lui survenir ! et il frémissait de les associer à son sort.

« Quant à vous, mes enfants, si quelque danger vous menace un jour, dites hardiment que vous êtes les neveux du Supérieur général des Chartreux ; son nom vous protégera dans ces montagnes et vous fera accueillir avec empressement, avec affection partout. De mon côté, je m'efforcerai de retrouver les traces de votre père, je lui dirai où vous êtes, et il se hâtera de venir vous rejoindre ; ce sera une bien douce consolation pour moi, si je réussis. »

Il leur racontait ensuite la vie des Chartreux telle qu'il l'avait apprise, leur charité, leurs bienfaits, l'amour dont ils étaient entourés dans ces montagnes, l'aisance qu'ils y avaient introduite par de nombreux défrichements, par la création d'usines importantes, par des conseils et des secours donnés à propos. « Ils reviendront un jour, croyez-le bien, ajoutait-il; ce temps d'épreuves pour la France ne durera pas longtemps, Dieu aura enfin pitié de ce malheureux pays, et l'abîme de la révolution sera fermé par lui; alors les exilés politiques, comme les exilés du cloître, rentreront dans leur patrie. Je ne désespère pas de voir bientôt reparaître ce moment; il est impossible que le triomphe des méchants soit de longue durée. »

Les deux enfants l'écoutaient avec plaisir, avec attendrissement; cette voix leur rappelait une autre voix plus chère, et puis cet homme avait connu leur père, il avait été son ami, son lieutenant, il était venu leur donner de bonnes paroles d'espérance et rompre un moment la monotonie de leur existence dans ce couvent si triste; comment ne pas s'attacher vivement à lui?

XI

DÉPART DE L'ÉTRANGER. LES DEUX ENFANTS S'ENFUIENT DU COUVENT.

Huit jours après, bien remis de ses souffrances et de ses fatigues, l'étranger dit adieu à nos petits orphelins. Une journée de marche seulement le séparait des anciennes frontières, il n'avait plus besoin de se cacher, il pouvait marcher avec plus de sécurité.

Albert et Mathilde, au moment de le quitter, se souvinrent du petit trésor que leur avait laissé leur mère en mourant; ils voulurent absolument le partager avec leur hôte. « Vous en aurez besoin quand vous arriverez en Suisse, lui disaient-ils; ne nous refusez pas, c'est notre père qui vous l'offre par nos mains. »

L'étranger refusa longtemps, mais enfin, vaincu par leurs instances, il se décida à accepter. Ensuite, après avoir garni son sac de ce qu'il put emporter de provisions, il embrassa une dernière fois, les larmes aux yeux, ses généreux petits amis et s'enfonça dans la forêt, se dirigeant vers le chalet de Bovinant; de là, il espérait trouver un sentier qui le conduirait à Saint-Pierre-d'Entremont. A ce dernier village, le torrent du Guiers-Vif seul le séparerait de la Savoie.

Nos deux enfants le regardèrent s'éloigner avec une profonde tristesse; ils rentrèrent dans leur cellule, le cœur bien navré. C'était le seul être humain qu'ils eussent vu depuis cinq mois; en peu de temps, ils s'étaient attachés à lui et maintenant ils regrettaient sa présence.

Une chose néanmoins les consolait : il allait chercher à revoir leur père, il le leur enverrait sans doute; alors leur père les emmènerait avec lui et ils ne seraient plus seuls dans ce triste désert, dans cet immense couvent dont on les ferait peut-être bientôt sortir.

Pendant plusieurs jours, ils ne parlèrent que de l'étranger; ils se rappelaient ses traits, ses gestes, ses moindres paroles. Cet incident amena plusieurs fois sur leurs lèvres de tristes réflexions sur l'avenir qui les attendait.

Cependant le printemps semblait arrivé : la

neige était à peu près fondue autour de la Chartreuse, un beau soleil réjouissait la nature, et les deux enfants saluaient avec bonheur ce retour de la verte saison, qui semblait annoncer leur délivrance.

Une après-midi, ils s'étaient aventurés dans les bois qui entourent le monastère. Tout entiers au plaisir de respirer l'air du dehors, de sentir les tièdes rayons du soleil, ils revenaient à leur demeure, quand ils virent accourir à eux leur chèvre et son chevreau tout effarés; en même temps, un grand bruit de voix frappa leurs oreilles.

Protégés par les arbres, ils s'avancèrent aussi près qu'ils le purent et virent une douzaine d'hommes armés, dont quelques-uns mieux vêtus que les autres. Une vingtaine de mulets les avaient amenés ou accompagnés jusqu'au couvent et on s'occupait à décharger des paquets, des malles, que l'on transportait dans l'intérieur. L'un de ces hommes surtout semblait le chef des autres, il donnait des ordres d'une voix forte et impérieuse et chacun lui obéissait.

A cette vue, la frayeur des deux enfants fut à son comble : sans réfléchir à ce qu'ils faisaient, ils s'enfuirent au hasard dans la forêt, craignant d'être arrêtés comme des voleurs quand on s'apercevrait qu'ils avaient passé l'hiver dans le cou-

Chapelle Saint-Bruno.

vent et consommé une partie des prévisions qui s'y trouvaient rassemblées.

Après une heure de marche pénible, ils arrivèrent haletants et épuisés de fatigue auprès de deux édifices qui ne ressemblaient pas à des maisons ordinaires, mais bien à des églises ou à des chapelles : c'était en effet les chapelles de Saint-Bruno et de Notre-Dame *de Casalibus* ou des petites cabanes.

C'est là que saint Bruno s'était d'abord établi quand il était venu habiter le désert de la Grande-Chartreuse, c'est là qu'il avait fondé le premier monastère qui fut détruit quelques années plus tard, en 1133, le 30 janvier, par un éboulement; c'est là que se trouvait la source dont j'ai parlé précédemment, et qui a été amenée au couvent et distribuée dans l'intérieur des bâtiments, jusque dans les cloîtres, où elle sert à l'arrosement des jardins des Pères.

La chapelle de Saint-Bruno est l'oratoire où le saint priait : l'éboulement l'a respectée. La chapelle de Sainte-Marie a été bâtie sur les ruines du premier monastère, et elle tire son nom des cabanes qu'y construisirent d'abord saint Bruno et ses compagnons, pour se mettre à l'abri des injures de l'air. Elle forme un carré long; au devant est un péristyle auquel on accède par un perron de quelques marches. Cette chapelle a été restaurée,

ainsi que celle de Saint-Bruno, par les Chartreux,
après leur retour, en 1816. La voûte intérieure
est peinte en azur et or; on a placé partout le
chiffre en or de la Mère de Dieu. Tout autour
des murailles, sont peints, en lettres d'or aussi,
les versets des litanies de la sainte Vierge. Un
grand tableau s'élève derrière l'autel, représentant les compagnons de saint Bruno, découragés
par son absence, et prêts à renoncer à la vie du
désert; saint Pierre leur apparaît et leur montre
la sainte Vierge venant les secourir et leur reprocher leur dessein.

Assis devant la chapelle de Sainte-Marie, complétement bouleversés par cette fuite, par cette
arrivée soudaine de tous ces hommes étrangers,
nos deux enfants pleuraient en silence. Qu'allaient-
ils devenir? Où se réfugier? Pour retourner à
Grenoble, il faudrait passer devant le couvent, et
si on allait les arrêter, les emprisonner comme
voleurs! A cette pensée, tout leur sang refluait à
leur cœur, ils se disaient qu'ils aimeraient mieux
mourir.

La chapelle était ouverte; ils y entrèrent et
prièrent avec une touchante ferveur cette bonne
mère qui déjà les avait tant protégés lors de leur
arrivée au couvent. Seuls, la nuit, dans ces grands
bois, sans pain, sans feu, sans savoir où aller le
lendemain, ils se recommandèrent à elle en pleu-

Notre-Dame de Casalbas. (Page 175.)

rant, puis, se blottissant dans un coin, bien serrés
l'un contre l'autre, la chèvre et son chevreau
couchés à leurs pieds, ils attendirent le jour,
moitié éveillés, moitié endormis et tremblants au
moindre bruit.

Le jour vint enfin, ramenant les inquiétudes
de la vielle. Heureusement, Albert avait emporté
dans sa fuite ses bijoux et la bourse renfermant
son petit trésor et qu'il ne quittait jamais. Mais
de quoi cet or pourrait-il leur servir dans ce désert? Glacés par le froid de la nuit, par l'humidité du matin, souffrant de la faim, ils ne pen-
saient qu'en soupirant à leur cellule bien chaude
du couvent, à leurs bonnes pommes de terre cuites sous la cendre, à tout ce qu'ils avaient laissé
dans cette retraite qui les avait si bien et si longtemps abrités.

Ils étaient là, assis comme la veille sur la
pierre, se tenant par la main et ne sachant quel
parti prendre, quand un pauvre bûcheron vint à
passer.

Nos orphelins ne s'effrayèrent pas en le voyant
s'avancer vers eux, la hache sur l'épaule : que
pouvaient-ils craindre désormais?

L'homme s'arrêta surpris à la vue de ces deux
enfants si bizarrement vêtus, à cette heure mati-
nale, dans cette forêt et si loin de toute habitation. Il les questionna avec bonté, avec cette rude

franchise des montagnards qui n'exclut pas la bienveillance.

Albert lui raconta en quelques mots son histoire : le bûcheron, quand il en vint à leur séjour au couvent, ne put retenir une exclamation de surprise.

« C'est donc pour cela que l'on voyait presque continuellement sortir de la fumée des cheminées ! chacun, dans le pays, croyait que les religieux morts étaient revenus de l'autre monde pour veiller sur le couvent. Aussi, l'on se serait bien gardé d'y entrer, nous avions trop peur. C'était donc vous, enfants ! je leur disais bien que quand on était mort, on ne revenait pas ainsi de l'autre monde.

« Mais que faites-vous là maintenant ? Qu'allez-vous devenir en restant seuls dans ces bois ? Ça ne peut pas être !

— Nous avons bien faim, dit timidement Mathilde ; n'avez-vous pas un peu de pain à nous donner ? »

Le bûcheron se hâta d'ouvrir la besace où se trouvaient ses vivres de la journée et leur offrit tout ce qu'elle contenait. Nos enfants, pressés par le besoin, ne se firent pas beaucoup prier pour accepter, et mangèrent, avec un plaisir dont on ne peut se faire une idée, du pain frais relativement à celui qu'ils avaient eu jusque-là à leur disposition au couvent.

Qu'allez-vous devenir en restant seuls dans ces bois? » (Page 180.)

Le bon villageois les regardait faire en souriant : quand ils eurent fini, Albert tira de sa
bourse une pièce d'argent qu'il voulut lui faire
accepter, mais celui-ci s'offensa de cette offre :

« Gardez votre argent, mon enfant, nous sommes bien pauvres dans ces montagnes, mais nous
ne faisons pas payer nos services comme dans les
villes.

« En attendant, vous ne pouvez pas rester ici,
dans ces bois, vous y péririez de faim et de froid;
vous ne pouvez pas songer non plus à retourner
à Grenoble, c'est trop loin. Venez à la Ruchère,
c'est un pauvre hameau dans la forêt, mais vous
y serez bien reçus; vous y trouverez de bonnes
âmes qui vous aimeront, ma femme d'abord qui
vous accueillera comme ses enfants, puis M. le
curé que la Révolution n'est pas venu chercher si
haut, et que nous aurions bien défendu, si on
eût voulu nous le prendre. Vous resterez avec
nous tant qu'il plaira à Dieu de vous y laisser, et
si, un jour, vous retrouvez votre père, eh bien!
nous en serons tous très-heureux. »

Et, laissant là le travail de la journée, ce brave
homme se mit en route avec nos deux enfants.

Le chemin de la Ruchère contourne derrière la
chapelle de Saint-Bruno et suit le flanc de la montagne opposée au Grand-Som. Le Grand-Som est
le sommet le plus élevé de la chaîne qui domine

le couvent. Les Chartreux y ont planté une croix
qui se voit de loin et qui semble couvrir de son
ombre, non-seulement le monastère, mais encore
toute la contrée environnante. On jouit de cette
hauteur d'une vue admirable, qui s'étend jusqu'à
Lyon et aux coteaux qui bordent la Saône.

XII

LA RUCHÈRE. LE BON CURÉ.

La Ruchère est un petit village composé d'un
certain nombre de pauvres maisonnettes recou-
vertes en chaume. Entourés de forêts qui jadis
appartenaient aux Chartreux et dont l'État est
aujourd'hui possesseur, les habitants ont perdu
à ce changement. Les Chartreux leur permet-
taient de ramasser du bois mort dans les forêts,
l'État le leur défend aujourd'hui. Les terrains
cultivés qui dépendent du village, ne sont pas
très-étendus, aussi la misère est grande parmi
ces braves gens. Mais ils savent se contenter de
peu et ne se plaignent pas.

A cette époque, ils auraient pu s'approprier
une partie des biens des anciens propriétaires

que la Révolution avait dépossédés ; ils se sont gardés d'y toucher, autant par respect que par reconnaissance. Le peuple des montagnes garde plus fidèlement et plus longtemps que celui des plaines le souvenir des bienfaits.

Non-seulement leur curé ne les avait pas quittés, mais encore il exerçait tranquillement son ministère au milieu d'eux.

« Je suis trop vieux, disait-il, pour aller mourir ailleurs. Et puis, qui consolerait mes pauvres ouailles, si je m'en allais ? On ne viendra pas me chercher jusqu'ici. Savent-ils seulement si j'existe ? »

On le savait bien, mais on faisait comme si on ne le savait pas. En Dauphiné, le clergé a été très-peu persécuté pendant la Révolution. Les églises ont été fermées dans les grandes villes, il est vrai ; l'exercice public du culte catholique y a été suspendu. Ces mesures générales, forcément exécutoires et exécutées pour éviter de plus grands malheurs, n'ont atteint que les localités principales et n'ont coûté la vie qu'à deux prêtres, qui ont résisté, dans le sublime enthousiasme de leur foi, à tous les moyens tentés pour les sauver. Mais, dans les montagnes, dans les lieux écartés, les églises n'ont pas été fermées, et sauf quelques précautions commandées par une sage prudence, l'exercice du culte n'a presque pas été interrompu. Les curés, revêtus d'un costume laïque, parcouraient librement leur paroisse sans être le moins du monde inquiétés, et nul ne les dénonçait, nul ne songea à les persécuter.

La Révolution a passé dans cette heureuse contrée sans y laisser de traces sanglantes. Les féroces proconsuls, que Paris envoyait dans les principales villes de France, et qui s'y sont signalés par tant d'horribles massacres, n'ont pas osé se hasarder en Dauphiné. Ils savaient que les habitants ne se soumettraient pas facilement à leurs caprices sanguinaires et qu'ils ne courberaient pas la tête devant la tyrannie républicaine, cent fois pire que toutes les autres. Les Dauphinois ont toujours été amis d'une sage liberté. Indépendants par caractère, ils se sont jadis laissé donner à la France, mais à la condition d'être traités en hommes libres. Ils n'ont jamais souffert de bourreaux chez eux.

Tolérants et affables, l'horreur du sang les a toujours portés à épargner même celui de leurs ennemis, et personne n'ignore qu'en 1572, alors que la Saint-Barthélemy faisait couler par torrents le sang des protestants par toute la France, le Dauphiné a protégé leur vie contre l'assassinat, après les avoir énergiquement combattus sur les champs de bataille. Aussi, en 1793, toutes les fureurs ré-

volutionnaires des Dauphinois se sont bornées à
l'emprisonnement, plutôt par mesure de sûreté,
de quelques personnes dites suspectes, encore ont-
elles été bientôt mises en liberté. .

Le brave père Maillard, c'est le nom de notre
bûcheron, arriva vers midi à la Ruchère avec les
deux petits orphelins. Il aurait bien voulu les
conduire chez lui, mais sa cabane était si petite
et si bien remplie par sa femme et ses enfants,
qu'il aurait été grandement embarrassé d'y trouver un coin libre pour deux habitants de plus.

Aussi les mena-t-il tout droit chez le curé.
Le bon prêtre allait se mettre à table pour prendre son frugal repas de midi. En entendant les
exclamations de sa gouvernante, il se hâta d'accourir. La vue d'Albert et de Mathilde le frappa
d'étonnement et le remplit de joie. « Pauvres enfants, disait la vieille servante, comme ils ont l'air
gentil, comme ils sont intéressants ! Monsieur, ils
ont vécu pendant six mois dans les bois, c'est le
père Maillard qui l'a dit ! »

Le curé les fit entrer dans la salle à manger
et voulut qu'ils se missent à table avec lui. Il
força le brave bûcheron à en faire autant.
« Nous causerons plus à notre aise en dînant, »
lui dit-il ; tous les trois ne se firent pas prier
longtemps.

A la vue d'un bon morceau de mouton, dont

le fumet savoureux se répandait dans la petite salle, nos deux enfants se sentirent le cœur tout joyeux. Il y avait si longtemps qu'ils n'avaient mangé de viande, si longtemps aussi qu'ils avaient vécu seuls, dans l'ombre de leur grand monastère ! Aussi des pleurs coulaient de leurs yeux, et ils souriaient au travers de leurs larmes.

« Mais voyez donc, monsieur le curé, comme ils sont fagotés ! disait la vieille Marguerite. On dirait qu'ils ont emprunté les habits de nos anciens seigneurs les Chartreux. Mais où donc avez-vous trouvé ces habits?

— Laisse-les donc manger, Marguerite ; ne les intimide pas. Ils nous raconteront tout cela au dessert. »

Et en même temps il remplissait leur verre et chargeait leur assiette en souriant avec tant de bonté, que les enfants, se sentant promptement à l'aise avec de si braves gens, commençaient à se dérider et à babiller avec toute la vivacité de leur âge.

Au dessert, Albert raconta ce qu'il avait vu du siége de Lyon, ce qu'il avait appris des suites de ce siége par l'étranger qui avait été son hôte à la Grande-Chartreuse, puis le départ de son père, le sien avec sa mère et sa sœur, la mort de sa mère à Grenoble, sa venue au couvent, son séjour dans cette maison pendant tout l'hiver, l'arrivée de l'étranger, sa fuite avec sa sœur en voyant cette troupe bruyante qui avait envahi le couvent, et enfin, comment, au moment où ils allaient mourir de faim et de froid sur le seuil de la chapelle de Sainte-Marie, la bonne mère de Dieu leur avait envoyé un ange sous la figure du bûcheron qui les avait ranimés, sauvés, et conduits jusque dans ce village où ils avaient trouvé des amis si compatissants.

Plusieurs fois pendant ce récit, les larmes du curé et de la bonne Marguerite avaient coulé. Le bruit de la Révolution était bien quelque peu parvenu dans ces montagnes reculées et d'un accès difficile, mais on était loin de s'y faire une idée de ce qui se passait ailleurs. Ces horribles guerres civiles au nom de la liberté, ces massacres, ces boucheries atroces qui ont ensanglanté cette époque et déshonoré la France qui les a endurés, leur étaient restés inconnus. On ne lisait pas les journaux du temps dans ces pauvres chaumières. Ce qu'on y savait de plus certain de cette révolution, dont quelques échos affaiblis avaient frappé leurs oreilles, c'est qu'elle avait proscrit presque partout le culte catholique et surtout chassé de leur antique demeure les bons religieux, qui avaient été, pendant tant de siècles, leur providence sur la terre. De tout le reste, ils ne connaissaient rien. Aussi nos trois montagnards ne pouvaient-ils en croire leurs oreilles.

Quand Albert eut fini de parler, ce fut à qui vanterait son courage et sa résignation, ce fut à qui lui ferait des offres de service. Il fut décidé qu'il resterait, ainsi que sa sœur, au presbytère; que Marguerite en aurait soin comme de ses enfants, et qu'ils attendraient là, à l'abri du besoin et des dangers, un temps plus propice et des nouvelles de leur oncle ou de leur père.

« J'ai beaucoup et longtemps connu votre oncle, leur disait le curé. Il était bien affable, bien bon, bien charitable pour mes pauvres paroissiens. Que de fois je l'ai vu s'attendrir sur leur misère et monter lui-même ici leur distribuer des vêtements, du blé, des pommes de terre et même de l'argent ! Que de fois il est venu m'aider à consoler mes malades, à encourager les mourants ! Ah ! Dieu lui devait autre chose que la persécution et l'exil ! Mais ne sondons pas les voies de la Providence, elles sont impénétrables.

« Nous avons bien perdu depuis le départ des Chartreux. L'hiver a été bien rude, la faim a désolé plus d'une de nos chaumières ! Qui sait quand la misère finira pour nous ! Les Chartreux ne reviendront pas de longtemps, je le crains, et l'administrateur nommé par le gouvernement et qui arrive, comme vous l'avez vu, avec des armes, tandis que ses prédécesseurs n'aváient que leur crucifix, sera-t-il aussi empressé de venir à notre aide ? J'en doute très-fort. Les temps sont durs, mes enfants. Les péchés des hommes ont lassé la patience divine et Dieu nous éprouve; il faut savoir se soumettre à sa volonté. Après la pluie vient le soleil, dit un proverbe bien connu partout ; après les moments d'épreuves, viendront les jours de réjouissance. Attendons et espérons.

« Tout ce que j'ai ici est à votre service, mes enfants, bien heureux que je suis de pouvoir rendre aux neveux ce que l'oncle a fait pour ma pauvre paroisse. Vous ne l'avez pas connu, ce saint homme de Dieu. Je vous en parlerai souvent, et si, un jour, le ciel vous fait la grâce de le revoir, avant son retour dans ses chères montagnes, vous lui répéterez combien il y était aimé, combien on l'a regretté. Il n'a pas obligé des ingrats. Cette assurance, ce bon souvenir des habitants de la Ruchère adouciront peut-être pour lui les amertumes de l'exil. »

A ces douces et bonnes paroles, le cœur de nos enfants se dilatait. Ils avaient retrouvé des âmes aimantes, une seconde famille.

La petite chèvre et son chevreau avaient été aussi adoptés et témoignaient par de joyeux bêlements de la satisfaction qu'ils éprouvaient.

Après le dîner, le curé conduisit Albert et Mathilde dans son petit jardin. De là on domine la vallée étroite sur le versant de laquelle la Ruchère est bâtie. Bien exposé au soleil, ce jardin se couvre de fleurs dans l'été, fleurs d'autant plus précieuses que ce sont les seules que la culture fasse éclore dans ces hautes régions. Un peu plus loin, le château d'Entremont se montrait sur sa colline élevée avec ses restes de fortifications ; plus loin encore, d'une ouverture profonde creusée par l'effort des eaux dans les rochers de la grande chaîne du Haut-du-Seuil, sortait un torrent tout blanc d'écume ; c'était le Guiers-Vif, ainsi nommé pour le distinguer de l'autre torrent que les enfants avaient déjà rencontré aux portes du désert, en venant par le Sappey, et qui s'appelait le Guiers-Mort : l'un doit son nom à ce qu'il ne tarit jamais, quelles que soient les ardeurs de l'été ; l'autre cesse quelquefois de couler, quand les chaleurs ont mis à sec les sources nombreuses qui l'alimentent.

« Vous irez quelque jour visiter nos environs, disait le brave curé. Vous verrez que, si désolées que soient nos montagnes, elles renferment encore des curiosités dignes d'être admirées et qui valent bien celles qu'étalent au regard les grandes villes.

13

« Je vous mènerai aussi visiter mes pauvres ;
vous m'aiderez à les soigner, à les consoler. Il
faut s'accoutumer de bonne heure à voir et à secourir l'infortune. Plus que tout autre, vous saurez y compatir, car vous l'avez déjà connue. Un
jour, si Dieu, comme je l'espère, vous rend votre
père, votre fortune, votre rang dans le monde,
n'oubliez jamais que vous avez souffert et que
vous avez vu souffrir. Soyez toujours bons et charitables, ce n'est que de cette manière que l'on
se fait pardonner ses fautes, que l'on se fait
aimer sur la terre et bénir dans le ciel. L'évangile
nous l'a dit assez clairement : Il sera beaucoup
pardonné à qui aura beaucoup aimé.

« Je prierai Dieu chaque jour pour votre père
comme je le fais déjà pour votre oncle ; vous
joindrez vos prières aux miennes et nous obtien-
drons peut-être du ciel la conservation de ces
deux vies si précieuses. »

La nuit venue, nos deux orphelins s'agenouillèrent aux côtés du bon prêtre. Tous les deux,
remerciant Dieu de sa bonté, ajoutèrent dans
leur cœur une prière pour leur bienfaiteur ; puis
ils allèrent chercher dans le sommeil un repos
bien nécessaire après les émotions d'une journée
qui avait si tristement commencé et qui s'était si
heureusement terminée.

Leur petite chambre n'était pas meublée avec

le luxe et l'élégance qui décoraient leur maison de Lyon, mais la prévoyance du bon curé y avait déployé tout son bon vouloir. Il s'y trouvait du linge bien blanc, un vieux fauteuil, une table, une commode, trois chaises et un grand rideau à fleurs jadis rouges qui séparait les deux lits. J'oubliais quelques images de saints et de saintes et un crucifix de bois noir, image de l'admirable résignation et du pieux sacrifice de cet homme dont toute la vie n'avait été qu'une longue immolation à ses chères ouailles.

Le lendemain, Albert et Mathilde se réveillèrent frais et dispos aux premiers rayons d'un beau soleil de printemps qui éclairait joyeusement leur nouveau domicile.

Ils trouvèrent la bonne Marguerite à qui il tardait déjà de les voir. Dans la soirée, elle avait arrangé une de ses robes, la meilleure peut-être, et, à force de patience et de travail, elle l'avait façonnée à la taille de Mathilde, qui quitta, sans trop de peine, son singulier costume, mi-parti jeune fille, mi-parti chartreux. Un bonnet presque neuf, qu'elle s'était procuré je ne sais où ni comment, compléta le petit costume de l'enfant, et le tailleur de la Ruchère, vieux galocher en retraite, vint prendre mesure à Albert d'un habillement complet.

Albert sortit sa petite bourse et voulut la donner au curé pour le dédommager de tout l'embarras et de toute la dépense qu'ils allaient lui causer.

« Gardez cela, mes enfants, leur répondit le saint homme ; vous en aurez peut-être un jour plus besoin que moi. Que ferions-nous ici de votre or ? Nous sommes trop pauvres pour pouvoir en faire usage. »

Après la messe, à laquelle nos deux enfants assistèrent avec d'autant plus de plaisir qu'ils avaient été élevés par leur mère dans les sentiments d'une piété sincère et que, depuis bien des mois, ils en avaient été privés, le curé les mena visiter les environs de sa cure et quelques-uns de ses paroissiens malades ou accablés de vieillesse : car on se fait vieux dans ces montagnes. La pureté de l'air, la frugalité de la vie, le rude travail auquel on est obligé de se livrer pour gagner sa vie, tout contribue à fortifier le corps et à prolonger l'existence.

Ils parcoururent successivement plusieurs chaumières du village, étonnés et surpris de ce tableau de la pauvreté à laquelle leurs yeux n'avaient pas encore été accoutumés. Accueillis partout avec intérêt, car leur histoire s'était promptement répandue par le bûcheron qui les avait rencontrés, ils furent bientôt des amis pour toute cette population rude et franche qui ne sait pas ce que c'est que la fausse compassion et les väines démonstrations d'une amitié trompeuse.

Ils se sentirent vivement touchés de l'espèce de culte que chacun portait au vénérable ministre de Dieu, qui se montrait si bon, si affable, et des paroles d'espoir et de consolation qu'il savait trouver pour tous.

XIII

SÉJOUR A LA RUCHÈRE.

En peu de jours, nos deux petits orphelins furent connus de tout le hameau. L'amitié se lie sans peine dans les villages, et ces pauvres enfants, si jeunes et déjà si malheureux, surent facilement se faire aimer. Bientôt toutes ces bonnes gens les regardèrent comme leurs propres enfants.

On les voyait, dès le matin, courir légers et joyeux de cabane en cabane, portant à chacun d'affectueuses paroles, souriant aux uns, s'informant de la santé des autres, soignant les malades, rendant service à tous selon leurs moyens et leurs forces, et recevant partout sur leur passage des baisers et des bénédictions. L'enfance comme la vieillesse sont amies du Seigneur et répandent le bonheur autour d'elles.

C'était à qui les accueillerait, les fêterait. Les enfants couraient après eux, les entraînaient chez leurs parents, et leur offraient les plus belles fleurs qu'ils avaient cueillies dans les bois.

Pour répondre à tant de témoignages d'amour et de sympathie, Albert voulut se rendre utile et s'érigea en jeune maître d'école.

Dans ces régions élevées, les instituteurs étaient chose inconnue à cette époque. Les parents, d'ailleurs, n'auraient pas eu de quoi payer les leçons; et puis, dès le bas âge, les garçons accompagnaient leur père au bois, travaillaient avec lui et faisaient ainsi de bonne heure le rude apprentissage de la vie, alors que, dans les villes, les enfants des familles riches sont encore entre les mains de leurs bonnes. Bravant le froid, la neige, gravissant les rochers escarpés, gardant des troupeaux, dormant sur la terre ou sur une poignée de feuilles en compagnie de leurs chèvres ou de leurs brebis, ils n'avaient bien souvent pour toute nourriture qu'un pain noir et dur et l'eau que les ruisseaux de la montagne apportaient jusqu'au village.

Albert emprunta un livre au curé et, tous les soirs, quand tous les enfants étaient rentrés du bois ou du pâturage, réunissant autour de lui les plus grands et les plus intelligents qui devaient servir de répétiteurs aux autres, il leur faisait des lectures que tous écoutaient dans un profond silence, puis leur montrait les lettres de l'alphabet, les leur nommait et les répétait souvent.

Mathilde, à son exemple, voulut aussi enseigner à lire aux jeunes filles, et le frère et la sœur rivalisèrent de patience et de douceur dans leurs nouvelles fonctions.

Quand la leçon avait été bien écoutée, quand Albert était content de ses jeunes élèves, il leur lisait le soir les aventures de Robinson. Ce livre, qu'il avait retrouvé dans la bibliothèque du curé, l'avait charmé plus que jamais par une certaine ressemblance entre la situation de Robinson dans son île et la sienne à la Grande-Chartreuse. Aussi, il devint bientôt son livre favori et celui dont ses petits auditeurs adoptèrent la lecture avec le plus de plaisir.

Parfois aussi il leur racontait ses propres aventures depuis son départ de Lyon jusqu'au moment de sa venue à la Ruchère. Il leur dépeignait les longues rues et les hautes maisons de Lyon, le bruit des coups de fusil et de canon qui avaient, pendant deux mois, retenti à ses oreilles, puis sa vie au couvent, son arrivée la nuit à la Courrerie, ses frayeurs, ses découvertes, ses expériences en cuisine.

Il leur faisait des lectures que tous écoutaient dans un profond silence. (Page 200.)

Parfois ses auditeurs riaient avec lui de tous les embarras qu'il avait eu à surmonter dans ces fonctions si nouvelles pour lui, ou s'attendrissaient à la description de tout ce qu'il avait enduré de privations et de chagrins. Les détails qu'Albert leur donnait sur les combats livrés à Lyon les frappaient par-dessus tout. Ils ne pouvaient comprendre que les hommes fussent assez stupides pour se faire tuer et assez méchants pour tuer les autres, sans trop savoir pourquoi. Au moins, chez eux, quand on tuait un mouton, c'était pour s'en nourrir, mais à quoi bon tuer ses semblables?

Au bout d'un mois, à force de peine et de bonne volonté, plusieurs des plus habiles surent épeler quelques mots. Les progrès des uns stimulaient l'ardeur des autres, et nos deux orphelins jouissaient de la joie de leurs élèves et du bonheur de leurs parents.

Le curé excitait ce beau zèle de toutes ses forces ; il espérait que, grâce à ce surcroît de science, les enfants apprendraient plus facilement le catéchisme et connaîtraient mieux les préceptes de la religion ainsi que les devoirs qu'elle impose. Quelques parents, qui avaient plus d'ambition que les autres, voyaient, dans ce commencement d'instruction, un acheminement à une profession moins ingrate que la leur. Ils rêvaient déjà leurs enfants dans une grande ville, en possession d'un bon état et d'une vie plus heureuse.

On retrouva quelques-uns de ces livres que les Chartreux distribuaient dans les hameaux et que l'on avait mis de côté, faute de temps, faute aussi de savoir s'en servir. Les parents, qui avaient su lire autrefois et qui l'avaient oublié, s'y remirent, à l'exemple de leurs enfants, et tous, animés par leurs petits instituteurs, firent en peu de temps des progrès remarquables.

Mais quand on sut lire, on voulut aussi savoir écrire : ce fut plus difficile, car il fallait pour cela du papier, des plumes et de l'encre. Or, dans ces montagnes, en 1794 surtout, c'était chose à peu près inconnue. Cependant de quoi ne vient-on pas à bout, quand on est animé d'une ferme volonté? Savoir écrire, savoir signer son nom tout comme M. le curé, c'était si beau que, l'enthousiasme aidant, on résolut de députer un habitant du pays à Grenoble pour faire emplette de quelques cahiers de papier, d'un cent de plumes et d'une bouteille d'encre.

Avec quelle joie on le vit partir, avec quelle impatience on allait attendre son retour! Il devait aussi se procurer quelques catéchismes et d'autres livres destinés à servir de récompenses aux plus laborieux, aux plus savants. La petite bourse d'Albert fit les frais de ces divers achats. Mais son cœur n'oublia pas cette occasion de témoigner sa reconnaissance à ses bienfaiteurs.

Il recommanda bien secrètement au messager de tâcher de se procurer, si la chose était possible, un missel neuf pour le bon curé. Le sien était si usé, si déchiré, si raccommodé, qu'il était presque hors de service, et nos enfants se faisaient une douce fête de le remplacer.

Marguerite ne fut pas non plus oubliée : Mathilde eut soin de lui faire acheter une belle robe neuve pour remplacer celle qu'elle en avait reçue à son arrivée à la Ruchère, un bonnet, un fichu, une croix d'or, tout un ajustement de fête. L'aimable enfant sautait de joie en frappant ses petites mains l'une contre l'autre, à la pensée de l'étonnement et de la joie que ces présents allaient causer à leurs bons amis.

Albert avait aussi chargé le messager d'apporter pour Mathilde une jolie robe blanche, une couronne de fleurs blanches, un voile, un bouquet, un costume complet de jeune vierge, car le moment de sa première communion approchait et elle se préparait avec ardeur à cette grande fête. De son côté, Mathilde avait fait ses recommandations pour ménager une surprise à son frère qu'elle aimait tant. Touchantes préoccupations de ces deux belles âmes qui se chérissaient si tendrement !

Dans tous ces témoignages de reconnaissance à leurs amis, le bûcheron aussi avait sa part. C'était le premier bienfaiteur, le sauveur pour ainsi dire, de nos deux enfants. Déjà, à plusieurs reprises, ils étaient venus à son aide dans une longue maladie qu'il avait faite. Dans cette occasion, Albert voulut encore lui prouver qu'il se souviendrait toujours.

Le messager se mit en route. On lui recommanda mille fois de la discrétion, de la prudence et surtout le secret pour les commissions particulières. Il partait ostensiblement pour acheter des livres, du papier, des plumes et de l'encre; le reste était ignoré de tous les autres.

Quand il fut parti, on calcula le temps qui lui était nécessaire pour aller faire ses emplettes et revenir. Albert, qui n'ignorait pas la situation des choses, car il en avait assez vu, assez entendu dire à Lyon, à Grenoble, et dernièrement par l'inconnu qui avait été leur hôte au couvent, tremblait parfois que le malheureux ne fût victime de son zèle, et que, suspect par la nature même de ses achats, il ne fût emprisonné. Le pauvre enfant en serait mort de chagrin !

Le soir du quatrième jour, une vedette placée au sommet d'une roche escarpée dominant le village, signala dans le lointain un homme courbé sous un sac qui paraissait bien pesant. C'était ce-

Une vedette placée au sommet d'une roche escarpée. (Page 206.)

lui que chacun attendait avec tant d'impatience !
Qu'il semblait marcher lentement ! La nouvelle
fut bientôt répandue parmi tous les enfants, et ce
fut à qui courrait à sa rencontre.

Enfin, il arriva. Il avait eu bien de la peine,
dit-il tout bas à Albert et à Mathilde, à faire leurs
commissions ; cependant, à force de ruse et d'a-
dresse, il avait réussi, il apportait tout. Mais, pour
ce malheureux missel et cette croix d'or, il avait
failli être arrêté plusieurs fois. Heureusement un
hasard lui avait procuré ce qu'il cherchait et qu'il
désespérait presque de trouver.

Il était tard et, malgré l'impatience générale, il
fallut renvoyer au lendemain pour déballer toutes ces choses si précieuses.

Le lendemain fut bien long à venir ; nos enfants
n'avaient pas dormi : « Que nous allons être contents demain ! Va-t-il être surpris et heureux ! Et
Marguerite donc, et tous enfin ! — Et Albert ! disait Mathilde en elle-même ; — et Mathilde ! » disait Albert de son côté. Jamais nuit n'avait été
aussi lente à s'écouler.

Tous les enfants avaient été réunis de bonne
heure par les soins d'Albert et de Mathilde. Les
petits garçons accompagnaient l'un, les petites filles entouraient l'autre. Le missel neuf, bien relié,
avec de grands rubans de toutes couleurs, était
porté par Albert, et les petites filles s'étaient

14

chargées de porter les beaux habits de Marguerite.

Le curé venait de dire la messe, il allait se mettre à table pour déjeuner, et il s'étonnait déjà de
l'absence des deux enfants, quand le bruit du cortége qui s'avançait arriva à ses oreilles. Bientôt
il se vit entouré par tout ce petit monde qui riait et
pleurait à la fois. Le beau livre frappa tout d'a-
bord ses yeux; il ne pouvait croire à ce qu'il
voyait. Depuis bien des années il rêvait ce bonheur, mais ses appointements si modiques lui
avaient été supprimés depuis deux ans, et il lui
fallait secourir tant de misères dans sa pauvre
paroisse, qu'il avait dû y renoncer.

Et Marguerite donc! elle embrassait tous les
enfants, elle eût volontiers dansé si son âge le lui
eût permis; elle n'était pas moins heureuse que
son maître.

Cette journée fut bien douce au cœur de tout le
monde et, pendant que la terreur régnait en bas
dans presque toute la France peu de temps auparavant, un bonheur pur et sans remords inondait
l'âme des simples et bons habitants de la Ruchère.

Le dimanche suivant, devant tout le village, le
curé, à la demande d'Albert, distribua aux enfants
désignés par le jeune maître, les prix qui avaient
été achetés à cet effet. Ce fut encore un grand jour

Depuis bien des années il rêvait de bonheur. (Page 210.)

pour ces enfants! Marguerite y parut toute fière
dans ses beaux habits neufs, chacun souriait à la
voir si heureuse.

Ensuite, les leçons d'écriture commencèrent.
Albert y mit autant de patience qu'il en avait mis
dans les leçons de lecture. Ses élèves étaient moins
nombreux, mais tous zélés et intelligents, et les
mêmes succès couronnèrent ses efforts.

XIV

VISITE AUX SOURCES DU GUIERS-VIF.

L'été était arrivé. Il vient tard dans ces contrées boisées et exposées aux vents du nord. Albert et Mathilde avaient fait plus d'une fois de petites excursions aux environs de la Ruchère; ils aimaient à se perdre dans ces grands bois, au bord de ces torrents, à gravir ces rochers d'où l'on voit le monde si petit et si loin.

Souvent, dans les soirées du printemps, ils avaient entendu parler des vastes et belles grottes d'où sort le Guiers-Vif, et ils désiraient depuis longtemps les visiter. Enfin, leur vieux mentor y consentit, et ils partirent avec quelques uns de leurs plus grands camarades et sous la garde de deux hommes du village:

Ils étaient déjà bien loin, que les recommandations de Marguerite les poursuivaient encore. « Prenez garde à la descente, aux refroidissements, au torrent; » et les enfants se retournaient en riant et lui faisant mille signes d'amitié.

Ils suivirent d'abord des sentiers rapides qui serpentaient au milieu des prairies jusqu'au village de St-Pierre-d'Entremont, qui n'était pas encore alors ce qu'il est devenu depuis. La chèvre de Mathilde avait refusé de la quitter et elle bondissait autour d'elle. Les enfants cueillaient des fleurs en courant et se les jetaient l'un à l'autre dans l'enivrement de leur joie. Le soleil était chaud, la journée magnifique. Il y avait loin de ce jour éclatant et pur à la sombre et triste clarté des cellules du couvent pendant un long hiver, loin de leur folâtre gaieté à leur morne et solitaire existence de ce temps-là.

Le village de St-Pierre-d'Entremont, situé sur les confins de la Savoie, à l'extrême frontière de France, doit son nom à sa position au fond d'une vallée étroite et profonde qu'entourent de tous côtés des montagnes élevées. Il compte aujourd'hui quinze cents habitants, il en comptait à peine un millier à cette époque. Tout son territoire appartenait aux Chartreux, qui étaient aussi seigneurs des villages de la Ruchère, de St-Laurent-du-Pont, de Miribel, de la Vilette, d'Entre-

deux-Guiers et d'autres terres nombreuses en
Dauphiné, mais qui faisaient de tant de richesses
l'usage le plus noble et le plus généreux. Leurs
bienfaits, comme j'ai déjà eu l'occasion de le dire,
allaient chercher les malheureux jusque dans les
lieux les plus reculés, et jamais on n'implora vainement leur pitié ou leur assistance.

Depuis la Révolution, l'État s'est emparé de leurs
forêts, leurs autres biens ont été vendus, et de nombreux défrichements ont eu lieu; des routes plus larges et plus faciles ont été tracées pour accéder d'un
village à l'autre et descendre à Grenoble. Une
plus grande aisance s'est répandue avec le temps
et à la suite de ces mesures parmi les habitants.
Aussi la population a-t-elle pris un remarquable
accroissement.

Une partie du village de St-Pierre-d'Entremont
est située de l'autre côté du Guiers et appartient
à la Savoie. Chaque fraction a son église : celle de
Savoie ne date que de quelques années, celle de
France est très-ancienne et exigerait d'urgentes
réparations.

Nos enfants, curieux de tout visiter, après avoir
passé quelques moments à explorer l'intérieur de
l'église, qui, quoique propre et assez bien tenue,
n'offrait rien de très-remarquable, montèrent sur
un mamelon dominant le pays de trois côtés. A son
extrémité était bâti un vieux château presque en

ruine aujourd'hui, mais qui, jusqu'à cette époque, avait été entretenu avec soin par les Pères Chartreux. Ce qui en reste encore de nos jours indique clairement qu'il a été rebâti sur une forme plus moderne, après que ses fortifications et ses vieilles tours eurent été démolies sous Louis XIII, lorsque la politique de Richelieu fit abattre tous les châteaux forts du Dauphiné, principalement ceux qui existaient sur les frontières. Il reste encore quelques traces de ce qu'il a été autrefois. Ce devait être un poste militaire d'une haute importance à l'époque des guerres religieuses et de ces luttes entre la Savoie et la France qui ont si longtemps désolé le Dauphiné.

De la terrasse du château, qui n'est plus habité maintenant que par quelques gardes forestiers, on jouissait d'une vue admirable. Au nord, on distinguait, dans un lointain immense, les plaines de la Côte-Saint-André et de Bièvre et une multitude de petites ondulations de terrain qui étaient des coteaux élevés; encore plus loin, un amas de formes incertaines que l'on disait être la ville de Lyon, et une longue ligne blanche qui indiquait le cours du Rhône.

Au midi, le regard s'étendait sur une suite de rochers et sur de vastes prairies : c'était la chaîne du Haut-du-Seuil et les pâturages de l'Arpette; en dessous se trouvaient les rochers appelés l'*An-*

che-du-Guiers d'où sortait le Guiers-Vif. A l'est, le rocher Véran élevait à une grande hauteur dans les airs son sommet dénudé qui arrêtait la vue de ce côté. Au couchant, se prolongeait la vallée des Éparres. A l'entrée de cette vallée était situé le mont Renard, qui commençait la longue chaîne du Grand-Som. Enfin, au bas du mamelon, au pied du château, s'ouvrait une gorge profonde dans laquelle le Guiers-Vif roulait ses eaux en se brisant contre les rocs qui encombraient son lit.

Nos petits voyageurs restèrent longtemps en contemplation devant ce spectacle grandiose que rehaussait, comme je l'ai dit, un magnifique soleil d'été. Jamais tableau pareil ne s'était offert à leurs regards. Il ne se trouve pas de hautes montagnes autour de Lyon, et, depuis leur départ de cette ville, ils n'avaient vu que de tristes tableaux de désolation, que de la neige, pour ainsi dire.

Quand leurs guides nommèrent Lyon, qu'ils prétendaient distinguer dans le lointain du côté du nord, leur cœur se serra au souvenir de ce que leur rappelait ce nom, de tout ce qu'ils avaient perdu dans cette ville, de ceux qu'ils y avaient connus et qui étaient morts peut-être à cette heure. Le nom de leur père expira sur leurs lèvres et leurs yeux se mouillèrent de larmes. Ils redescendirent tristement la colline ; la pensée des jours passés avait fait évanouir leur gaieté.

Mais bientôt l'heureux privilége de leur âge ramena le sourire dans leurs yeux, les cris de joie de leurs petits compagnons les tirèrent de leur tristesse, et l'on se mit en route pour le hameau de Saint-Mesme qu'il fallait traverser avant d'arriver aux fameuses grottes.

Au bout d'une demi-heure, ils atteignirent Saint-Mesme et leurs guides se procurèrent des bottes de paille. Cette paille devait servir à faire des torches pour parcourir les souterrains et permettre d'admirer les curieuses pétrifications qui s'offrent de tous les côtés aux regards dans ces vastes galeries.

Ils eurent à traverser plusieurs fois le Guiers, puis il fallut s'enfoncer dans une forêt de sapins. Le Guiers se précipitait devant eux en large cascade sortant d'une immense ouverture. La petite troupe grimpa, non sans peine, à travers les rochers, les pierres et les herbes, pour atteindre la base de la montagne. Les fraises n'étaient pas encore mûres, mais la charmante fleur que l'on nomme le muguet des bois couvrait la terre de ses feuilles vertes et de ses cloches blanches, dont l'odeur est si douce et si pénétrante.

Ils avançaient lentement au milieu des éclats de rire que provoquaient les chutes des plus maladroits; ils cueillaient d'énormes bouquets de muguet qu'ils comptaient rapporter comme trophées de leur course. Enfin, après une heure d'efforts, ils parvinrent au pied du rocher que nous avons déjà désigné sous le nom de l'Anche-du-Guiers; ils suivirent pendant quelques minutes un sentier assez étroit qui longe ce rocher, contre lequel il leur fallait même s'appuyer d'une main.

Arrivés au bord de la vaste ouverture au-dessous de laquelle s'élancent les eaux du torrent, ils s'arrêtèrent et leurs guides firent du feu. C'était une précaution nécessaire avant de s'enfoncer sous ces voûtes profondes et humides.

Après un quart d'heure de repos passé devant le feu à se sécher, à considérer l'entrée des grottes, à caresser la petite chèvre, à folâtrer avec leurs compagnons, Albert et Mathilde, à la tête de la troupe, descendirent dans une espèce de ravin qui les séparait encore des sombres passages dans lesquels ils allaient s'engager; ensuite, du fond du ravin, ils remontèrent, en s'aidant de leurs pieds et de leurs mains, sur le bord opposé, et ils se trouvèrent enfin engagés dans une espèce de large vestibule.

Là se rencontrait un énorme pilier formé lentement par les eaux qui suintent de la voûte et qui déposent peu à peu un sédiment blanchâtre, lequel se durcit à l'air avec le temps. Un peu plus loin, une modeste croix de bois, plantée au milieu des pierres qui recouvraient le sol, arrêta leurs regards. Cette croix leur causa une pénible impression. Était-elle destinée à conserver le souvenir d'un accident arrivé dans ces lieux? Avait-elle été placée là pour rappeler au voyageur, au moment où il va se plonger dans l'obscurité de ces galeries immenses, la pensée de celui qui tient dans sa main le sort de chacun? Nos enfants s'arrêtèrent à la contempler, sans oser interroger leurs guides.

Un peu plus loin, deux galeries à la voûte très-élevée s'offrirent à eux; les guides prirent celle de gauche et tous les suivirent. Les torches de paille avaient été allumées et leur lueur éclairait d'une manière bizarre et curieuse ces longs et tortueux couloirs. Le sol était jonché de gros blocs tombés des parois ou de la voûte : des stalactites, des stalagmites curieuses s'offraient à eux de tous côtés.

Tantôt montant, tantôt descendant, s'effrayant parfois des quartiers de roc suspendus sur leurs têtes, ils avançaient en silence. Les rires joyeux avaient cessé, chacun se pressait autour des torches enflammées et redoutait de rester dans l'obscurité. Des flaques d'eau transparentes et presque invisibles à cause de cette limpidité se rencontraient fréquemment sous leurs pas, et ils cherchaient avec soin à les éviter.

De loin en loin, d'autres ouvertures se montraient à une assez grande hauteur et indiquaient que des galeries existaient aussi dans la partie supérieure de la montagne, de même qu'en frappant le sol avec leurs pieds, ils entendaient un bruit sourd et très-distinct qui annonçait l'existence d'autres cavités profondes au-dessous d'eux. La fraîcheur de l'air, ces voûtes sombres et élevées, les reflets des torches de paille, les curieuses pétrifications répandues de tous côtés, tout impressionnait nos petits voyageurs et leur arrachait à chaque instant des cris d'effroi ou de surprise.

La visite de ces souterrains dura une demi-heure; ils revirent le jour et retrouvèrent leur feu avec un bonheur extrême. L'enfance n'aime pas la nuit; sa joie naïve a besoin, pour s'épancher, de grand air et de soleil. Le feu fut ranimé et on s'assit en rond autour d'une flamme petillante; le bois mort ne manque pas dans ces lieux déserts, et les guides en eurent bientôt fait une provision.

Chacun se racontait ce qu'il avait vu, ce qui l'avait frappé; Mathilde seule était rêveuse : les rires de ses compagnons ne pouvaient la distraire; une secrète tristesse remplissait son âme et elle eût pleuré volontiers si elle se fût trouvée seule. Était-ce un de ces pressentiments de l'ave-

nir que Dieu nous envoie parfois comme des aver-
tissements? Était-ce un reste de cette frayeur qui
s'était emparée d'elle sous ces voûtes noires et
profondes? Quoi qu'il en soit, elle ne put retrouver sa gaieté de toute la journée.

Après s'être bien réchauffés au feu et au soleil,
il fallut songer au retour. Mais, avant de partir,
les sacs des guides étalèrent sur l'herbe leurs modestes provisions : c'était des fromages du pays,
du pain et des fruits. C'en était bien assez pour ces
jeunes appétits; Mathilde seule ne mangea pas, malgré les instances d'Albert et de ses compagnons.

Ils reprirent le chemin par lequel ils étaient
venus. Ils repassèrent le Guiers par le même pont
du moulin, et jetant un dernier regard sur le
château de St-Pierre-d'Entremont qu'ils avaient
visité le matin, ils arrivèrent à la nuit à la Ruchère. Déjà on était inquiet de leur retard dans
le village, on ne réfléchissait pas que des enfants
ne marchent pas comme des hommes. La vieille
Marguerite surtout embrassa avec transport la
petite Mathilde, et le bon curé tira tout doucement l'oreille à Albert. Le souper fut prestement
servi et mangé, et chacun alla se délasser dans
son lit des fatigues de la journée.

Le lendemain, à déjeuner, Albert raconta son
voyage. Mathilde était redevenue plus gaie et plus
communicative, elle riait de ses terreurs de la

veille et se disait prête à recommencer une autre
course.

Les jours suivants se passèrent à examiner les
travaux de leurs petits écoliers. Chacun s'efforçait de faire des progrès, et, ce que le bon curé
n'avait pu obtenir, ces deux enfants, par leur
grâce, leur gentillesse, l'obtenaient aisément; car
souvent l'abbé avait voulu persuader à ses ouailles
d'apprendre à lire et à écrire, mais nul ne s'en
était soucié. « A quoi cela nous servira-t-il? » disaient-ils froidement. Aussi, las de ses tentatives
inutiles, il y avait renoncé. Il en était quitte pour
répéter un peu plus souvent les explications de
son catéchisme, afin d'en faire entrer l'intelligence
dans toutes ces petites têtes. Pour le reste il s'en
remettait aux soins de la Providence. Et voilà
que deux enfants, en quelques mois, avaient
réussi sans peine, sans efforts, à faire ce qu'il
avait si souvent essayé et toujours sans succès.
Le bon prêtre en bénissait le Seigneur, dont les
voies sont souvent impénétrables, et il se bornait
à seconder, à encourager de son mieux de si
louables efforts.

XV

MALADIE D'ALBERT, VISITE AU GRAND-FROU.

Sur ces entrefaites, Albert tomba malade. Tant de secousses l'avaient éprouvé depuis une année, il avait dû déployer, pour rassurer et consoler sa sœur, une énergie si fort au-dessus de son âge, que sa santé en avait été altérée à la longue.

Le bonheur qui lui était survenu tout à coup avait opéré une sorte de réaction dangereuse. Fort contre le danger et les privations, il avait été abattu par le bien-être et le contentement.

Ce fut dans toute la Ruchère une grande consternation, quand on apprit que cet enfant, qui avait si complétement conquis l'affection de tous, se trouvait forcé de garder le lit. Mathilde sur tout, qui aimait son frère avec passion et qui re-

portait sur lui tout l'amour dont son cœur avait
été rempli pour son père et sa mère, ne pouvait
s'accoutumer à cette pensée désolante. Elle ne
quittait pas le chevet de son lit, lui donnait elle-
même les tisanes prescrites par le curé, et on
avait de la peine à l'arracher de son poste pour
lui faire prendre quelque repos.

« Il ne me manquait plus que ce malheur, disait-elle à Albert. Que deviendrai-je si tu m'a-
bandonnes aussi? » Albert fut en quelques jours
à toute extrémité, mais Dieu n'avait pas décidé de
le rappeler à lui. Un médecin fut appelé de Saint-
Laurent-du-Pont; il prescrivit avec sagesse des
remèdes simples et dont l'effet salutaire ne se fit
pas attendre.

Surpris de ce qu'il voyait, car ces deux enfants
n'appartenaient pas, évidemment, à la population
de ces montagnes, il questionna le curé, qui, le
connaissant pour un homme d'honneur, lui raconta l'histoire de nos petits orphelins. Ce récit
l'intéressa vivement, et il refusa le payement de
ses visites quand elles furent devenues inutiles.
« Plus tard, disait-il à Albert, quand vous serez
devenu un homme et quand vous aurez retrouvé
votre famille, nous verrons. »

La marche de la maladie avait été rapide, la
convalescence fut prompte. La constitution robuste
d'Albert et les soins touchants dont il fut entou-

ré triomphèrent du mal. Au bout de quinze jours,
il fut sur pied et put remercier lui-même avec effusion ceux qui lui avaient sauvé la vie et ceux
qui avaient pris tant d'intérêt à sa santé.

Ce fut encore une fête dans le village le jour où
le curé lui permit de sortir et d'aller revoir ses
petits amis. C'était à qui l'embrasserait, lui serre-
rait les mains en pleurant de joie. Ses petits écoliers lui montraient ce qu'ils avaient fait pendant
sa maladie, et se réjouissaient des éloges qu'il
leur donnait.

Trois semaines après, une nouvelle excursion
fut projetée pour célébrer la guérison d'Albert.
Cette fois on décida que l'on irait admirer un des
plus curieux passages de ces montagnes, et qui
prouve que rien n'est impossible à la volonté de
l'homme luttant contre les obstacles de la nature
pour se rapprocher de ses semblables ou amélio-
rer sa situation.

Ce passage est surnommé le Grand-Frou. Autrefois, à la place de cette rampe si curieuse et si
pittoresque, existait un chemin que les hommes,
les mulets et même les chariots pouvaient parcourir sans danger en toute saison. Une nuit d'hiver, au milieu d'une affreuse tempête, un immense éboulement de la montagne emporta le
chemin et rompit toute communication entre la
plaine des Échelles et les habitants des villages

situés au delà du Grand-Frou. Mais le dévouement infatigable des Chartreux parvint à rétablir les relations interrompues et à reconquérir, sur l'abîme d'un côté et sur le rocher de l'autre, le chemin actuel. Ce fut une œuvre longue et difficile pour ce temps, où l'art des ingénieurs n'avait pas fait les progrès qu'il a faits depuis, et où l'on ne disposait pas des moyens inventés de nos jours. Il en coûta des sommes assez considérables que les Chartreux fournirent généreusement.

En venant de la Ruchère, nos enfants descendirent d'abord assez longtemps, ensuite ils prirent un chemin qui montait constamment au milieu d'un bois touffu. De distance en distance, ils rencontraient sur leur passage quelques maisons agglomérées qui formaient un hameau. Le premier qu'ils traversèrent était le hameau de Cerne, puis venait celui de Planet, enfin celui de Brigoud. Des ponts étaient construits sur des torrents qui, se précipitant de la montagne, coupaient la route et allaient se jeter dans le Guiers, qui roulait ses eaux au fond du vallon que les voyageurs voyaient à leur droite.

Le paysage était sévère, sans être triste. Au delà du vallon profondément encaissé où mugissaient les eaux du Guiers-Vif, s'élevait la haute montagne de Corbel, sur le territoire de la Savoie. De son sommet descendait, en long ruban

d'argent, une magnifique cascade qui tombait en
flocons d'écume dans le lit du Guiers. Au loin,
par éclaircies, on découvrait la plaine de Saint-
Laurent-du-Pont et celle plus étendue qui about-
tit au village des Échelles, où se trouve aujour-
d'hui la curieuse galerie que Napoléon Ier a fait
creuser dans la montagne pour y établir une
grande route.

Bientôt ils arrivèrent au sommet de la montée,
là où le chemin nouveau avait été établi par les
mains des Chartreux pour remplacer l'ancien. Sa
largeur était de soixante-dix centimètres au plus.
Il était soutenu, de distance en distance, par d'é-
normes pièces de bois. A gauche, se dressait le
rocher taillé à pic, sur lequel le passage avait été
conquis à force d'audace et de travail; à droite,
s'ouvrait le précipice dont j'ai déjà parlé; à plus
de trois cents mètres de profondeur, au fond duquel un petit ruban argenté indiquait le cours du
torrent dont le bruit n'arrivait que bien faible-
ment à l'oreille de nos voyageurs.

Dans deux ou trois endroits, une partie du chemin s'était éboulée, emportée par les eaux qui
venaient de la montagne lors de la fonte des neiges; on l'avait raccommodée, rapiécée pour ainsi
dire, en y ajoutant des madriers épais et solides
qui s'appuyaient, par une de leurs extrémités,
sur ce qui restait du chemin, et par l'autre sur de

longues et énormes pièces de sapins qui bordaient
le précipice. Du côté du rocher, une main-cou-
rante, fortement scellée dans la pierre, aidait au
voyageur à se soutenir en montant et en descendant, surtout quand, pendant l'hiver, la glace
avait rendu le passage plus difficile encore. Du
côté du précipice, on avait trouvé le moyen d'as-
sujettir, par des écrous en fer, de longues et
grosses perches qui servaient de parapets. Enfin,
dans les endroits où la pente était le plus rapide,
on avait pratiqué des espèces de degrés en bois
qui facilitaient la marche et empêchaient de glis-
ser. Par moments, nos enfants s'arrêtaient invo-
lontairement pour contempler l'abîme qui s'ouvrait sous les pieds, et ils éprouvaient une sorte
d'effroi qui n'était pas sans plaisir, à le considérer
ainsi, ou bien ils avançaient la tête au-dessus des
espèces de parapets qui étaient placés, comme je
l'ai dit, le long du bord du précipice, et ils jetaient un regard dans le vide, mais le vertige les
saisissait bientôt et les forçait à détourner la
tête.

Et cependant les hommes, les enfants, les mulets chargés franchissaient journellement ce passage sans éprouver d'accidents, même pendant
l'hiver, saison dans laquelle il était réellement
dangereux.

Albert et Mathilde, au milieu de leurs compa-

gnons de route, s'arrêtèrent longtemps au sommet de cette curieuse rampe. Jamais spectacle pareil n'avait encore frappé leurs yeux. La vue de
l'abîme leur arrachait des cris d'effroi, suivis
bientôt de joyeux éclats de rire. Ils dînèrent de
bon appétit, au bord d'un petit ruisseau à l'eau
bien transparente, qui allait, lui aussi, rejoindre
en bas le torrent du Guiers. Les fraises étaient
mûres, ils en cueillirent en abondance et elles leur
parurent bien autrement savoureuses que celles
qu'ils avaient autrefois mangées à Lyon. Le soleil
était brillant, l'air pur et doux; les fleurs de la
montagne répandaient leurs parfums autour d'eux;
les abeilles, les papillons, les oiseaux volaient
joyeusement au-dessus de leurs têtes. C'était fête
complète. Jamais la nature n'avait été aussi belle
et nos enfants aussi heureux.

« Que Dieu est bon pour nous, disait Albert, il
nous a sauvés sans que nous nous en doutions.
Si nous avions su plus tôt le départ de notre oncle de la Chartreuse, nous ne serions pas venus
ici, et où serions-nous maintenant? Qui aurait
voulu nous accueillir dans cette grande ville, où
l'on n'est peut-être pas aussi hospitalier que dans
ces montagnes?

— Nous le dirons bien à notre oncle quand il
sera de retour, répondait Mathilde. C'est à lui
tout ce pays. Il rendra tous ces gens-là riches et

heureux, en remercîment de ce qu'ils ont fait
pour nous. Quand nous serons plus grands, nous
reviendrons souvent ici revoir nos anciens petits
amis : nous ne les oublierons jamais, n'est-ce pas
Albert? Oh ! non, bien sûr, et nous leur apporte-
rons tout ce qui pourra leur faire plaisir. Car
nous retrouverons notre père un jour, nous serons encore bien riches, comme nous l'étions
avant que les ennemis vinssent prendre et sacca-
ger Lyon et forcer notre père à s'enfuir. Alors,
nous nous souviendrons combien nous avons été
malheureux, et comme on est content quand on
trouve des gens secourables. Sans le bûcheron,
que serions-nous devenus à la porte de cette chapelle abandonnée au milieu des bois ! nous serions
morts de faim et de froid, et cela doit faire bien
souffrir, de mourir ainsi !

— Et puis, le bon curé qui a été pour nous un
second père, tous ces habitants qui nous traitent
comme leurs enfants, qui sont si pauvres et qui
cependant nous donnent tout ce qu'ils ont; serons-nous heureux de pouvoir un jour leur dire :
Tenez, voilà des meubles plus commodes, des habits plus chauds, du pain plus blanc, et puis de
l'argent pour acheter tout ce qui vous manque
encore, du vin pour vous réchauffer l'hiver, des
remèdes pour vos maladies, des livres pour vos
enfants qui vous les liront dans les longues veil-

Jamais spectacle pareil n'avait frappé leurs yeux. (Page 231.)

lées! Comme ils nous aimeront bien davantage encore!

— Nous amènerons notre père ici ; c'est lui qui embrassera avec plaisir ces bonnes gens qui auront sauvé ses enfants! et puis, nous viendrons aussi plus tard avec nos enfants à nous, afin qu'ils aiment bien à leur tour ceux qui ont tant rendu service à leurs parents. »

Pendant que ces pauvres orphelins parlaient ainsi à l'écart de reconnaissance et d'avenir, épanchant l'un dans l'autre leurs pensées généreuses, le temps s'avançait et l'ombre des montagnes s'allongeait.

Le signal du départ fut donné, et l'on se remit en marche ; à la nuit tombante, on rentra au village.

XVI

LA MÈRE SESTIER.

Mais là, une bien triste nouvelle vint assombrir la gaieté de tous et changer en tristesse les rires joyeux.

Une brave femme de la Ruchère, la mère Sestier, s'était cassé la jambe.

La mort de son mari l'avait laissée veuve avec trois enfants en bas âge; elle n'avait pas désespéré de l'avenir. Forte et courageuse, tendre et résignée, elle avait pleuré son mari, mais elle s'était souvenue de ses enfants qui n'avaient plus que leur mère.

Elle avait depuis lors travaillé nuit et jour pour leur procurer le pain nécessaire; infatigable à l'ouvrage, on la voyait toujours sur pied de

grand matin et le milieu de la nuit la surprenait
encore raccommodant les humbles vêtements de
ses enfants, ou veillant sur eux dans leurs petites
maladies.

Dieu avait d'abord récompensé ses efforts : le
pain n'avait jamais manqué et les vêtements non
plus; ses enfants grandissaient en force, en santé,
et rendaient déjà mille petits services à leur
mère, la payant par leurs caresses et leur amour
de toutes les peines qu'elle se donnait pour eux.

Et voilà qu'en revenant du bois chargée d'un
lourd fardeau, elle avait glissé dans un de ces
sentiers rapides que l'on nomme à bon droit *couloirs;* elle avait roulé jusqu'au bas de la pente et
l'on venait de la rapporter dans sa cabane avec
une jambe cassée, souffrant plus encore de l'esprit
que du corps.

Sa pensée était toute à ses enfants : « Ils n'a-
vaient que moi pour les nourrir ! que vont-ils
devenir ? » Elle eût volontiers donné son autre
jambe pour être rassurée à cet égard.

Albert et Mathilde, à la première nouvelle de
ce malheur, accoururent auprès de la malheureuse femme; ils y trouvèrent installés le curé et
les autres habitants du village que leurs travaux
n'avaient pas éloignés de chez eux : tout le monde
pleurait et plaignait la pauvre mère.

Le curé, un peu chirurgien, et faute d'autres

secours, avait opéré la réduction de la jambe de son mieux, assurant à l'infortunée qu'elle en serait quitte pour deux mois de repos et pour boiter un peu ; il ne pouvait, bien pauvre lui-même, que lui prêcher la patience et la soumission aux ordres de la Providence.

Mathilde, en voyant souffrir la mère Sestier, comprit la douleur physique qu'elle avait jusqu'alors ignorée ; elle comprit mieux encore la douleur morale en entendant la mère pleurer sur l'avenir de ses enfants.

Tout à coup, elle courut à Albert et lui rappela ces pièces d'or, reste de l'héritage de leur mère, et dont une partie avait été consacrée déjà à faire acheter à Grenoble les divers cadeaux qu'ils avaient offerts au curé, à sa gouvernante et à leurs petits camarades.

« Va les chercher, lui dit-elle ; la pauvre femme en a plus besoin que nous. Quel bonheur que nous n'ayons pas tout dépensé ! Va-t-elle être contente quand nous lui dirons : Voilà du pain pour vos enfants pendant tout le temps de votre maladie ; voilà des remèdes ; ne vous désolez pas ! Qu'on est heureux quand on est riche ! Mais, cours donc, ajoutait-elle ; je voudrais déjà te voir de retour. »

Albert ne se fit pas prier ; il partit en courant et revint bientôt tenant sa petite bourse, la

bourse de sa mère. Pendant son absence, Mathilde avait, elle aussi, consolé la malade, lui
avait promis que ses enfants ne manqueraient de
rien, et s'était installée près de son lit comme
une garde-malade, attentive à ses moindres
désirs.

Elle étala le peu d'or qui lui restait sur le lit
de l'infortunée, lui expliqua la valeur de ces pièces dont elle avait entendu parler, mais qu'elle
n'avait jamais vues, car l'or ne parvenait pas à
cette époque dans les montagnes.

« Tout est pour vous, mère, lui disait-elle ; avec
cela vos enfants et vous ne manquerez de rien, et
nous vous soignerons bien, ne vous désolez donc
pas ; Dieu a voulu vous éprouver, a dit M. le curé,
patience et courage ! »

Dès ce moment, elle ne quitta pas le lit de la
malade : au point du jour, elle était là et elle ne
consentait à quitter son poste que quand la vieille
Marguerite venait l'en arracher pour l'emmener
se coucher..

C'était elle qui préparait de ses petites mains
les tisanes, les boissons ordonnées par le curé,
qui donnait à manger aux enfants, les soignait et
veillait sur eux comme l'eût fait leur mère. Tout
le monde était émerveillé de tant d'aplomb et de
dévouement à un âge si tendre et avec un corps
si frêle.

Maintes fois Marguerite voulut l'engager à se donner moins de peine et lui fit envisager qu'elle tomberait malade elle-même; elle ne voulait rien entendre et s'attachait de plus en plus à la pauvre femme et à ses enfants.

L'hiver survint, mais il fut moins triste pour nos orphelins que le précédent. Ils n'étaient plus seuls, abandonnés dans une maison déserte, sans savoir quand et comment ils pourraient en sortir; ils avaient des amis, presque un père et une mère, ils ne manquaient de rien, quoique sans le luxe et le confortable de Lyon, et enfin ils avaient l'espoir que leur destinée ne tarderait pas à devenir meilleure.

Le bûcheron, le premier sauveur de nos enfants, en allant travailler aux environs des chapelles où il les avait rencontrés l'année précédente, avait poussé jusqu'au couvent sous un prétexte quelconque.

Là, il avait su que ces gens qui étaient venus en grand nombre s'installer dans la demeure des Chartreux et dont la vue soudaine avait tant effrayé nos enfants, étaient, comme on s'en doutait déjà, l'administrateur nommé par le département pour veiller à la gestion des propriétés immenses que les Pères Chartreux possédaient dans ces montagnes et que l'État avait confisquées à son profit, puis ses commis, ses domestiques et les divers agents qui devaient veiller sous ses ordres.

Plusieurs fois, il était revenu au couvent pour offrir ses services, et, en réalité, pour faire jaser ces personnages inconnus et en savoir des nouvelles de ce qui se passait en France. Il avait appris que l'on s'était aperçu du séjour de nos enfants dans le couvent, sans se douter que c'étaient eux; on avait attribué ce désordre, ces traces d'habitation, cette porte de la dépense enfoncée, à des maraudeurs de passage.

Plus tard, il avait appris la chute de Robespierre et la cessation des mesures de terreur qui pesaient sur la France : il avait entendu dire que tous les *suspects* emprisonnés à Grenoble étaient rendus à la liberté, et on lui avait fait connaître la joie que ces nouvelles répandaient partout.

Nos orphelins en avaient pleuré de bonheur. car ils en avaient conclu que rien ne s'opposerait plus au retour de leur père; déjà ils rêvaient, dans leur jeune imagination, le voir faisant bâtir une belle maison à la Ruchère et y rendant tout le monde riche et heureux.

Cependant le temps avait marché : la mère Sestier, grâce aux bons soins de Mathilde et à la force de sa constitution, était à peu près guérie; ainsi que le curé l'avait prédit, elle boitait un peu, mais son courage et sa force première lui étaient

16'

revenus, et elle avait recommencé son travail, ne cessant de remercier son petit ange gardien pour lequel, tous les soirs et tous les matins, elle faisait prier ses enfants.

L'hiver passa gaiement : aux longues soirées, nos enfants faisaient la lecture dans la salle à manger du curé, et tous ceux qui avaient le temps d'y assister s'y rendaient avec empressement ; le dimanche, les enfants du village, réunis dans la plus belle grange du pays, s'y livraient aux jeux de leur âge, sous la surveillance de leurs mères et du curé. Jamais la Ruchère n'avait eu des jours pareils, aussi bénissait-on la venue de nos orphelins comme un bienfait du ciel.

Une nouvelle année s'écoula ainsi. Albert et Mathilde s'adonnaient à quelques études sous la direction du curé, qui, ne pouvant leur enseigner que ce qu'il savait, leur apprenait du moins à être bons, compatissants, dévoués, pieux et laborieux. Puis, c'étaient des courses, des dîners dans les bois, des leçons aux enfants du village, et des exercices de piété qui charmaient surtout Mathilde.

Un beau jour brilla pour elle dans cet intervalle, le jour de sa première communion. Revêtue de la belle robe qu'Albert lui avait fait apporter de Grenoble, revêtue mieux encore de sa grâce virginale, de la candeur de son âme, elle s'avança vers l'autel, entourée de ses compagnes, qui sem-

Un beau jour brilla pour elle dans cet intervalle, le jour de sa
première communion. (Page 242.)

blaient participer à la sainteté de leur jeune amie.
Jamais la pauvre église de la Ruchère, cachée dans
les sapins, n'avait vu une fête pareille : on avait
épuisé pour ce jour tous les raffinements du luxe
que permettait le pays ; des arbres verts ornaient
l'entrée de l'église, dont tout l'intérieur était tapissé de feuillages ; mais ce qui dut plaire bien
davantage au Seigneur, ce fut la blancheur et l'innocence de ces jeunes âmes dont rien n'avait encore altéré la pureté. Mathilde était rayonnante
de bonheur ; l'exaltation qui se peignait sur ses
traits se communiquait à ses compagnes, et le
curé en fut presque effrayé. Hélas ! l'ange exilé
sur la terre entrevoyait déjà la demeure céleste
qu'il devait bientôt aller habiter !

Au bout de quelques jours, tous reprirent leurs
occupations habituelles, mais Mathilde semblait
avoir vécu deux ans en une semaine, elle s'était
subitement transformée d'enfant en jeune fille.

XVII

DÉNOUEMENT.

La rareté et la difficulté des communications,
à cette époque surtout où chacun vivait dans une
extrême réserve, faisaient que le séjour de nos
enfants à la Ruchère était inconnu dans tous les
villages environnants, et qu'eût-on songé à les
persécuter, on n'eût pas su les y découvrir.

Par le bûcheron et ses communications avec
les habitants du couvent, on se tenait à peu près
au courant des événements qui survenaient en
France, et chacun se réjouissait à la pensée que
des jours meilleurs allaient luire sur ce beau
pays, et que les temps de calamités étaient enfin
passés. A la Ruchère, on en éprouvait de la joie
pour tous ceux qui en avaient souffert, car le

contre-coup de ces événements désastreux ne s'était pas fait sentir si haut, comme je l'ai déjà dit.

A la fin du troisième hiver depuis le départ de Lyon, la santé de Mathilde sembla s'altérer. Sa gaieté s'évanouissait, des larmes roulaient parfois dans ses yeux, sans qu'elle pût dire quelle cause les provoquait. Elle fuyait souvent ses compagnes, son frère lui-même, pour rêver tristement à l'écart, et le bel incarnat de ses joues avait fait place à une pâleur maladive.

Albert s'inquiétait vivement de ce changement.

« Qu'as-tu donc? disait-il souvent à sa sœur. Pourquoi ne veux-tu plus jouer avec nous comme par le passé, petite sœur? Ne nous aimes-tu plus? Que t'avons-nous fait? » Et le pauvre enfant sentait son cœur se gonfler. Mathilde alors se jetait à son cou, pleurait avec lui, et semblait pendant quelque temps plus heureuse. Mais la tristesse reprenait bientôt le dessus.

En vain le bon curé s'épuisait en conjectures sur ce changement dans le caractère de Mathilde; en vain eut-il recours à toute sa science; en vain fit-il revenir le médecin qui avait soigné et guéri Albert, personne ne put découvrir la cause de ce mal inconnu qui faisait ainsi dépérir la pauvre enfant. Elle avait beau répéter qu'elle ne souffrait pas, qu'elle était bien heureuse, elle disait cela avec un tel air, un tel son de voix, que chacun se sentait froid au cœur. Un cruel pressentiment agitait tout le monde.

Hélas! tant de secousses, tant d'impressions violentes, avec une âme si sensible et à un âge si tendre, avaient usé de bonne heure les ressorts de la vie en elle. Dieu ne voulait pas laisser cet ange sur la terre plus longtemps, et tandis que quelques éclairs passagers semblaient faire espérer un retour à la santé. le mal faisait chaque jour des progrès, lents, mais sûrs.

Calme et souriante, Mathilde s'étonnait des craintes que l'on éprouvait pour elle. Elle se sentait plus faible, il est vrai, plus triste de jour en jour, mais elle allait et venait comme à l'ordinaire, s'occupait de son frère, de ses petites amies comme par le passé, et s'efforçait de leur montrer le même visage souriant.

Cependant aussi elle continuait à rechercher par moments les lieux solitaires. Là, elle s'asseyait pensive, la tête dans ses mains ou les yeux levés au ciel. Elle semblait y apercevoir une forme invisible et ses yeux brillaient alors d'un feu surnaturel.

Quand Albert la surprenait dans ces moments de rêverie, elle ne s'attristait nullement d'être troublée dans ses pensées. Toujours aussi bonne, aussi aimante, elle lui tendait la main, le forçait à s'asseoir près d'elle et lui parlait de ses projets, de ses rêves d'avenir comme aux bons temps où sa gaieté était dans tout son éclat.

Mais lui, ne se contentant pas de ces dehors qu'il sentait bien cacher une tristesse réelle, pressait sans cesse la pauvre enfant de lui dévoiler la cause de cet état qui alarmait tout le monde.

Un jour enfin, Mathilde, plus expansive et plus émue qu'à l'ordinaire, lui confia que depuis quelque temps elle apercevait toutes les nuits, en songe, leur mère qui lui souriait, l'appelait à elle, lui faisait signe de la suivre. Elle la voyait heureuse, brillante, elle lui tendait ses petits bras pour saisir cette forme, mais l'apparition alors s'évanouissait pour reparaître un peu plus tard.

D'abord ces visions ne l'avaient pas inquiétée, mais leur persistance l'avait enfin frappée, puis effrayée, et un secret pressentiment lui disait que c'était un avertissement que sa mère lui donnait de sa mort prochaine.

« Je ne regrette ici-bas que deux choses, — ajoutait-elle, — toi et notre père. Que vas-tu devenir, seul sur la terre? L'amitié de ces bonnes gens qui nous ont accueillis ne te suffira pas toujours. Quand tu seras grand, que tu seras devenu un homme comme était notre père, tu ne pourras pas rester ici. Tu ne saurais vivre toujours sans rien faire, à la charge de ceux qui ont soin

de nous. Le curé ne vivra pas toujours, la bonne
Marguerite non plus, les habitants sont trop pauvres pour nous nourrir, eux se tuant de peine,
nous ne faisant rien. Tu ne saurais te faire bûcheron ou manœuvre pour gagner ton pain, et moi
que ferais-je? Vois-tu, je pense souvent à tout
cela. Un homme se tire aisément d'affaire :
tu peux aller dans les villes, te faire soldat, devenir capitaine, comme était notre père ; mais
moi, où veux-tu que j'aille? Tu vois bien que
notre mère a raison de m'appeler à elle !

— Mais, — lui disait Albert, — si notre père
n'est pas mort, comme tout me le dit, il viendra
nous chercher. Il retrouvera ses biens et sa position momentanément perdus, les méchants ne
seront pas toujours les maîtres, et alors nous serons riches et contents avec lui.

— Ah! revoir notre père avant de mourir me
rendrait bien heureuse! Mon Dieu! si je pouvais
l'embrasser encore une fois, que la mort me serait moins triste !

— Et moi, petite sœur, tu ne m'aimes donc
plus, que tu parles toujours de mourir, de me
laisser seul au monde? Car, si notre père était
mort, que ferais-je sans toi, ma compagne des
mauvais jours, mon amie d'enfance? Ne parle
donc pas ainsi, rappelle ton courage; ce sont ces
songes qui t'affectent : ne te laisse pas entraîner

à ces idées qui ruinent ta santé. Vis pour moi, pour notre père qui serait bien malheureux s'il ne retrouvait plus qu'un de ses enfants quand il reviendra. »

Après ces entretiens qui se renouvelaient souvent et qui se terminaient toujours par une abondante effusion de larmes, la pauvre Mathilde faisait de nouveaux efforts pour surmonter le mal qui l'accablait ; mais ces efforts devenaient de jour en jour plus pénibles.

Au commencement du printemps, elle eut un de ces caprices de malade que l'on s'empresse d'ordinaire de satisfaire partout. Jugez comme chacun s'agita pour lui procurer le plaisir qu'elle souhaitait.

Elle voulut revoir encore une fois le monastère de la Grande-Chartreuse, ces salles, ces cloîtres, ces cellules où elle avait vécu tout un hiver seule avec son frère. Elle appelait à elle de toute sa force ces souvenirs d'un temps dont la tristesse avait encore des charmes pour son âme malade.

L'administrateur n'était pas encore remonté de Grenoble, où il avait coutume de passer son hiver, il serait facile par conséquent de pénétrer dans l'intérieur des bâtiments. D'ailleurs, que pourrait-on reprocher à des visiteurs que la curiosité amènerait, qui serait là pour les voir ?

Le jour fut bientôt fixé et l'on se mit en route

par un beau soleil des premières semaines d'avril. La neige était encore dure et gardait à peine l'empreinte des pas des voyageurs. Le curé, malgré son grand âge, avait voulu faire partie de la petite caravane; une douzaine d'habitants, le bûcheron en tête, les accompagnaient.

On passa devant les chapelles de Saint-Bruno et de Sainte-Marie. Mathilde montra la place où elle était tombée demi-morte de frayeur et de fatigue, le coin où ils avaient dormi, blottis l'un contre l'autre, tremblants de froid et de crainte, l'endroit où le brave bûcheron les avait aperçus et leur avait sauvé la vie au moment où, se voyant abandonnés et perdus dans ces bois, ils avaient renoncé à l'espoir d'être secourus.

Puis l'on descendit au couvent; tout y était désert, comme lors de leur première arrivée. Ils s'agenouillèrent encore dans l'église où ils avaient prié souvent; ils parcoururent la grande cuisine, la dépense où ils avaient fait toutes ces découvertes qui avaient été pour eux comme autant de bienfaits de la Providence et la source de tant de joyeuses surprises. Ils considérèrent longtemps les deux chambres de la cellule du père coadjuteur, chambres dont ils avaient fait leur demeure habituelle; ils errèrent encore dans les grands cloîtres, sous ces vastes galeries peuplées de souvenirs pour eux; ils voulurent dîner sur la lon-

gue table de marbre de la cuisine, là où ils
avaient si souvent préparé leur modeste repas;
et enfin, le soir venu, ils dirent adieu à ce séjour
paisible et reprirent le chemin de la Ruchère.

Mathilde pleura en s'éloignant, son cœur était
plein d'amertume, elle sentait qu'elle ne reverrait plus ces lieux qu'elle aimait malgré leur
tristesse.

Depuis ce jour, son état devint plus alarmant;
sa pâleur augmentait, sa peau était transparente
et blanche comme de la cire; on eût dit une de
ces madones que l'on expose sur les autels à la
vénération des fidèles. Son œil bleu se creusait
de plus en plus sous ses longs sourcils, et je ne
sais quoi de céleste rayonnait sur son visage. On
sentait que l'ange allait déployer ses ailes pour
retourner au ciel.

Le curé et le médecin s'épuisaient en soins inutiles; le pauvre bûcheron, qui aimait tant les
deux petits enfants qu'il avait trouvés, disait-il,
voulut aller à Grenoble pour chercher un médecin plus habile. L'homme de l'art consentit à monter à la Ruchère, touché par les larmes et les
instances du messager qui réclamait sa présence.
Il vint et vit Mathilde, il hocha lentement la tête
et repartit sans laisser aucun espoir à ces pauvres
gens, qui retenaient leurs sanglots pour ne pas
effrayer la malade.

Dès lors tout fut fini; un long voile de deuil enveloppa la Ruchère. L'église était assiégée chaque jour par une population qui prenait sur ses heures de travail, sur son sommeil, afin de venir implorer celui qui peut tout et qui tient dans sa main la vie de chacun; on ne comprenait que trop qu'il n'y avait plus de ressource que là; l'art humain s'était déclaré impuissant.

Bientôt Mathilde ne put plus se tenir levée, il lui fallut garder le lit; elle ne souffrait pas, ne se plaignait pas, elle allait en s'éteignant de jour en jour comme une lampe qui n'a plus d'huile. Son visage conservait une sérénité inaltérable au milieu de tous ses amis qui pleuraient silencieusement autour d'elle. Ses petites élèves surtout étaient sans cesse à sa porte épiant un sourire, un regard, une dernière marque de cette affection à laquelle elles s'étaient si vite et si bien accoutumées. Il n'y avait pas jusqu'à la pauvre Myrrha qui ne quittait plus la chambre et le pied du lit de sa maîtresse, et qui, par ses petits bêlements plaintifs, semblait vouloir faire comprendre qu'elle sentait et partageait la douleur commune.

Chaque jour, le curé offrait pour elle le saint sacrifice de la messe, et la petite église de la Ruchère était pleine de toute la population qui venait s'associer à ses prières. Mathilde savait tout cela, et la pauvre enfant s'étonnait de cet amour qu'elle ne croyait pas avoir mérité. Sa raison s'était de plus en plus développée avec la maladie ; ce n'était plus un enfant, mais une jeune fille qui paraissait avoir dix-huit ans.

Un matin du mois de mai, Mathilde eut encore une de ces fantaisies de mourante auxquelles chacun obéissait avec empressement. Elle demanda à être transportée dans le jardin de la cure, sur cette terrasse d'où la vue s'étendait au loin sur l'étroite vallée de la Ruchère et les montagnes voisines. La neige avait disparu de bonne heure cette année, et les fleurs des prairies exhalaient déjà leurs parfums qui se mêlaient aux vives senteurs des arbres de la forêt.

Un beau soleil réchauffait l'atmosphère et répandait la vie avec sa clarté dans ce pauvre coin de terre presque oublié du monde. Les oiseaux chantaient dans les branches des sapins, et la petite tonnelle du curé se couvrait de larges feuilles, en même temps que les bourgeons de ses rosiers s'épanouissaient.

Mathilde jouissait de ce spectacle qui lui rappelait la terre, alors qu'elle ne pensait plus qu'au ciel.

Tout à coup elle dit aux personnes qui l'entouraient : « Mon père est à la Ruchère, il approche, je le reverrai avant de mourir. Que Dieu est bon et que je suis heureuse! Albert, va donc au-devant de lui et amène-le ici. »

Ces paroles affligeaient les assistants, on croyait que le délire s'emparait déjà de la pauvre jeune fille et annonçait l'approche de son dernier instant. Aussi, pour la contenter, fit-on semblant d'envoyer quelqu'un au-devant de son père dont elle annonçait l'arrivée, et Albert la quitta même un moment pour mieux la calmer.

A ce moment, un étranger parut dans le village. Son air était noble et martial, sa figure pâle et maigre; on voyait qu'il avait beaucoup souffert. Ses vêtements indiquaient un homme du peuple, et cependant, à son air, à ses manières, on comprenait qu'il était d'un rang distingué et avait dû occuper une position supérieure.

Il demanda à parler au curé, qui le fit entrer dans son petit cabinet; et bientôt on l'entendit pousser un cri de surprise. A travers les vitres de la fenêtre, quelques-uns le virent agenouillé aux pieds de son crucifix, tandis que l'inconnu essuyait des larmes.

Albert ne l'eut pas plutôt entrevu, qu'il se précipita dans la chambre où tous les deux se trouvaient, et s'élança dans les bras de l'inconnu en le couvrant de baisers et de pleurs, tandis que celui-ci, les yeux levés au ciel, le pressait vivement sur son cœur.

Ces paroles affligeaient les assistants. (Page 256.)

C'était le comte de Meylan, le père d'Albert et de Mathilde.

Nos lecteurs n'ont pas oublié le malheureux voyageur qui était venu un soir demander asile au couvent de la Grande-Chartreuse, et dont la vue avait d'abord si fort effrayé Mathilde. Nous avons dit que c'était un lieutenant de la compagnie du comte de Meylan, et nous avons raconté par sa bouche comment il s'était échappé de Lyon, et par quel miracle il avait pu se soustraire à ceux qui le poursuivaient, gagner les montagnes du Dauphiné et atteindre les frontières de la Savoie.

En partant, il avait promis à nos deux enfants de faire des recherches et de trouver leur père, si Dieu lui avait fait la grâce d'échapper à la mort dans son trajet de Lyon en Suisse. Il avait tenu parole. En une journée, il avait atteint, par le col de Bovinant et Saint-Pierre d'Entremont, le territoire étranger ; de là, il avait passé en Suisse, et, après de longs efforts et bien du temps consumé en recherches désespérées, il avait pu retrouver le comte de Meylan. Il lui avait appris la mort de la comtesse et l'existence singulière de ses deux enfants au couvent de la Grande-Chartreuse.

A cette nouvelle. le cœur du pauvre père fut violemment ému. La compagne de sa vie était morte, ses enfants isolés au fond d'un désert. Se retrouveraient-ils encore dans ce couvent de la Chartreuse? car, près de deux ans s'étaient écoulés depuis que son ami les y avait rencontrés.

Néanmoins, il ne perdit pas courage et, après avoir donné des larmes bien amères à la perte de la comtesse, il se mit en route pour rechercher ses enfants.

Le 9 thermidor avait permis à la France de respirer, en la délivrant du système de la terreur. L'échafaud avait disparu, et la République, relevée aux yeux de l'Europe par ses éclatantes victoires, commençait à réparer ses désastres passés. Les émigrés, les exilés, reparaissaient, timidement, il est vrai, et sans bruit, mais enfin ceux qui s'étaient hasardés à remettre le pied en France n'avaient été ni inquiétés ni arrêtés. Le comte de Meylan put donc, sans trop de dangers, tenter d'y revenir.

D'ailleurs, il avait pris patience tant qu'il avait cru ses enfants en sûreté avec leur mère; mais depuis qu'il les savait seuls, abandonnés dans un couvent désert, où, depuis deux ans, ils avaient peut-être péri, il ne pouvait plus hésiter, dût-il trouver la mort!

Ses préparatifs furent bientôt faits. Par prudence, il se revêtit d'habits d'ouvrier, et franchit la frontière sans qu'on fît trop attention à lui. Il traversa la Savoie, devenue province française, mais dont le sol avait toujours été, malgré sa réunion à la République, un lieu de refuge et de retraite pour ceux qui n'avaient jamais pu se décider à fuir trop loin du ciel de leur patrie.

En peu de jours, il arriva au couvent de la Grande-Chartreuse. Mais là nul ne put lui indiquer ce qu'étaient devenus nos deux enfants qu'on n'y avait pas vus. Il explora vainement le village de Saint-Laurent-du-Pont, celui de Saint-Pierre-de-Chartreuse ; il passa par le col de Cucheron et la vallée des Meuniers et vint à Saint-Pierre-d'Entremont. Là il eut quelques indices. On lui raconta les promenades faites aux sources du Guiers et au Grand-Frou par une troupe d'enfants, au milieu desquels on en avait remarqué deux qui, à coup sûr, lui dit-on, n'étaient pas des fils de montagnards.

Il arriva alors à la Ruchère et son cœur bondit dans sa poitrine, quand la première personne à laquelle il s'adressa lui dit qu'il trouverait probablement ce qu'il cherchait chez le curé.

C'est alors qu'il arriva à la cure, comme nous l'avons dit. Mathilde ne l'avait ni vu ni entendu, mais par suite de ces pressentiments extraordinaires qui lui survenaient parfois, elle avait deviné la présence de son père.

Quand chacun fut revenu de sa surprise et que la première émotion fut calmée, le curé sortit pour prévenir Mathilde du bonheur que le ciel lui envoyait.

« Je sais que mon père est là, dit-elle; pourquoi ne vient-il pas m'embrasser? Si je pouvais me lever, j'irais bien vers lui. »

Le curé alors n'hésita plus; il alla chercher le comte, qui fut bientôt dans les bras de sa fille. Mathilde retrouva des forces pour serrer son père sur son cœur.

« Que tu es pâle et défait! lui dit-elle; que tu as dû souffrir, pauvre père! Va, tu seras bien heureux désormais: je prierai tant pour vous deux là-haut avec ma mère, que Dieu vous rendra en joie et en bonheur tout ce que vous avez éprouvé d'afflictions et de souffrances depuis trois ans. »

Mais la secousse avait été trop vive, bientôt sa vue se troubla : « Approche-toi, mon bon petit père, que je te voie encore. Où es-tu donc? » Elle ne le voyait plus, et cependant elle tenait une de ses mains dans les siennes.

Alors le curé s'approcha d'elle avec le saint Viatique et lui adressa ces consolantes paroles que la Religion fait entendre à ceux qui vont mourir. Tous les assistants fondaient en larmes; Albert, les yeux hagards, contemplait la perte qu'il allait faire, et quoiqu'il y fût préparé depuis longtemps, il ne pouvait y croire ; le comte, plus fort contre la douleur qui l'avait si cruellement frappé déjà, pleurait tout en remerciant le ciel de lui avoir laissé au moins un de ses enfants. »

« *Egredere*, *anima christiana*, *ex hoc mundo*, disait la voix du bon prêtre ; pars, pauvre petit ange, ta demeure n'était pas ici-bas, tu étais trop sainte pour rester parmi les enfants des hommes ; pars, nous te retrouverons bientôt là-haut! » Il s'arrêta suffoqué par ses larmes.

Lorsque les cérémonies de la religion furent accomplies, les yeux de Mathilde se fermèrent lentement, un sourire d'une douceur ineffable erra sur ses lèvres et son âme s'envola avec ce sourire.

On emporta Albert évanoui. Le pauvre enfant fut longtemps avant de reprendre connaissance ; quand il revint à lui, il se trouva dans les bras de son père, qui le couvrait de ses baisers et de ses larmes.

« Dieu nous a laissés seuls sur cette terre de misère, vivons l'un pour l'autre, mon enfant ; deux anges intercèdent pour nous dans le ciel ; fasse la miséricorde divine que nous allions bientôt les rejoindre ! »

On revêtit le corps de Mathilde de la belle robe blanche dont Albert lui avait fait présent l'année

précédente; on la couronna de fleurs des champs,
et les jeunes filles, ses compagnes chéries, la
portèrent à sa dernière demeure.

Le temps était sombre, on eût dit un jour
d'hiver; la tristesse du ciel semblait s'associer
à celle de la terre. Le convoi se mit en marche,
au lever de l'aurore, le long de ces chemins que
Mathilde avait tant de fois parcourus avec son
frère et ses petites amies. Bien des larmes coulèrent dans le trajet de la cure au cimetière,
bien des cœurs brisés suivirent le blanc cer-
cueil.

La Ruchère avait perdu sa bienfaitrice; le curé
et Marguerite, tout ce qu'ils aimaient le plus au
monde. La pauvre chèvre chercha longtemps sa
maîtresse dans tous les coins de la maison et du
jardin; ne la trouvant plus, elle refusa toute nourriture et expira, deux jours après, à la porte de
la petite chambre où elle couchait près de Mathilde et qui ne s'était pas rouverte depuis son
départ pour le cimetière.

Le comte de Meylan resta peu de temps à la
Ruchère; il fallait arracher Albert à la vivacité
de ses douloureux souvenirs. Ils repassèrent la
frontière et parcoururent la Suisse, l'Allemagne
et l'Angleterre; puis, quand le premier consul
eut définitivement rouvert la France aux émigrés,
le comte y rentra un des premiers et fut assez

Dieu nous a laissés seuls sur cette terre de misère. (Page 263.)

heureux pour recouvrer ses biens, qui avaient été mis sous le séquestre, mais non vendus.

Son premier soin fut de remplir le vœu de la comtesse mourante et de faire rapporter ses restes à Lyon dans la sépulture de sa famille ; mais quand il voulut y faire aussi transporter ceux de Mathilde pour la réunir à sa mère, la Ruchère se souleva tout entière et déclara qu'aucune puissance humaine ne serait capable de lui arracher son bon petit ange gardien.

Il fallut céder à cette énergique et douloureuse démonstration, mais, chaque année, au mois de mai, Albert et lui quittaient Lyon pour faire le pèlerinage de la montagne et prier sur le tombeau de Mathilde.

Le vieux curé mourut un mois après celle qu'il avait appelée sa petite fille ; la bonne Marguerite ne tarda pas à le rejoindre. Un long voile de deuil couvrit longtemps la Ruchère, qui se souvient encore aujourd'hui de son petit ange exilé.

Les bienfaits du comte de Meylan se répandirent sur tous les habitants, et c'était toujours Mathilde que chacun, en les recevant, remerciait tout bas.

Albert grandit, il est devenu un homme distingué ; il a été un de nos meilleurs généraux, tous les partis l'ont aimé et respecté. Sa belle et vigoureuse constitution a triomphé des émotions et

des souffrances de la jeunesse. Au milieu de l'enivrement des succès et de la gloire, il n'a pas oublié le modeste cimetière où reposent les restes
de Mathilde. Par ses soins, un monument a été
élevé sur sa tombe et, fidèle au pèlerinage établi
par son père, toutes les fois que ses devoirs le lui
ont permis, on l'a vu revenir prier sur la pierre
qui recouvrait sa bonne petite sœur.

NOTE DE L'ÉDITEUR

NOTE DE L'ÉDITEUR.

ROUTE DE LA GRANDE-CHARTREUSE PAR SAINT-LAURENT-DU-PONT.

L'auteur de ce petit ouvrage a fait arriver nos deux enfants à la Grande-Chartreuse par le Sappey et la Courrerie.

Cette route est, en effet, la plus directe que puissent prendre ceux qui se rendent de Grenoble au couvent. Mais si elle a ses beautés et ses détails pittoresques, celle qui passe par Saint-Laurent-du-Pont n'est pas moins digne d'être parcourue par le voyageur.

On trouve à Grenoble des voitures qui conduisent de cette ville à Voreppe, gros bourg situé à l'entrée de la belle vallée du Graisivaudan, et de Voreppe, par les rampes de la Placette, à Saint-Laurent-du-Pont.

Cette portion de la route n'offre aucune parti-
cularité remarquable. Le chemin est resserré entre deux lignes de coteaux qui ne permettent pas
à la vue de s'étendre bien loin. La seul chose digne d'attirer l'attention du voyageur est la belle
église de Saint-Joseph-de-Rivière, qui se montre
au bord du chemin, une demi-heure avant d'arriver à Saint-Laurent-du-Pont. Elle a été construite
par les soins et aux frais des Chartreux. Rien de
plus gracieux et de plus élégant que son clocher
et la flèche qui le surmonte.

Le bourg de Saint-Laurent-du-Pont renferme
environ 1800 habitants. Depuis dix ans il a failli
disparaître deux fois. En 1851, le Guiers-Mort,
torrent qui passe à sa proximité, à la suite de
pluies extraordinaires, y causa des ravages considérables. En 1854, un incendie le consuma presque en entier. La charité et le dévouement des
Chartreux furent admirables dans ces deux fatales
circonstances.

Il existe à Saint-Laurent-du-Pont des hôtels assez confortables, entre autres ceux de M. Cadot
et de M. Tirard. On y trouve des guides et des
mulets pour se rendre au couvent.

En sortant du bourg, on côtoie le Guiers-Mort
jusqu'à Fourvoirie, où existaient, il y a peu de
jours encore, une belle usine et de grandes forges
dirigées par leur propriétaire, M. Périnel, et

Passage au bord du Guiers dans le désert.

qu'un incendie vient de détruire. Là, deux énormes rochers se dressent dans les airs et ne laissent entre eux qu'un étroit passage occupé par le torrent. Les Chartreux ont percé dans l'un de ces rochers le chemin actuel qui est soutenu par des voûtes solides. Une porte fermait autrefois ce passage et interrompait toute communication entre le désert et la vallée. Un frère chartreux y habitait un pavillon qui se voit encore et qu'occupent aujourd'hui des gardes forestiers.

La route s'avance ensuite entre le torrent à gauche et la montagne couverte de bois, à droite. Les arbres penchent leur tête sur le voyageur et le couvrent d'ombre et de fraîcheur. Le silence du désert n'est interrompu que par le bruit du torrent. L'âme éprouve une émotion dont bien peu de personnes peuvent se garantir.

A moitié chemin de Saint-Laurent-du-Pont à la Chartreuse, on traverse le Guiers sur un pont magnifique qui s'appelle pont Saint-Bruno ou pont Pérant. Il en a remplacé un autre qui existe encore un peu plus loin et que le voyageur ne peut voir s'il ne le cherche pas, tant il est caché par les arbres qui l'entourent. Le nouveau comme l'ancien pont Pérant sont curieux par leur structure hardie. Le dernier est l'œuvre des Chartreux, dont la sollicitude a répandu partout dans ce désert la vie et la fécondité. Le Guiers-Mort s'engouffre, à quelques pas de lui, sous un rocher qui a été décrit et dessiné bien souvent, et que sur-montent plusieurs sapins qui y ont pris racine.

A partir du pont Saint-Bruno, la route, qui dé-crivait autrefois de nombreuses sinuosités, a été redressée et macadamisée; des murs épais la sou-tiennent du côté du torrent, et trois tunnels ont été pratiqués sur son parcours, afin d'éviter les détours. Ces changements ont été nécessités par les difficultés qu'offrait l'ancien chemin au trans-port des énormes pièces de sapins que fournissent les forêts de la Grande-Chartreuse et qui descendent journellement à Grenoble. Là on les dispose en radeaux sur l'Isère et on les emmène ainsi en Provence, où elles vont servir à des constructions et à mille autres usages divers.

A peu près à moitié chemin du pont Pérant et de la Chartreuse, le voyageur rencontre à sa droite une haute aiguille de rochers isolée et qui s'élève au-dessus du précipice au fond duquel roulent les eaux du Guiers. C'est le pic de l'Œillette ou Aiguillette. A sa base se voyaient encore, il y a deux ou trois ans, les ruines d'une espèce de fort qu'on a démoli parce qu'il gênait la circulation. Ce fort passait pour avoir été construit afin d'ar-rêter les incursions que le célèbre Mandrin venait faire parfois jusqu'au couvent lui-même.

Après avoir traversé les trois tunnels, dont le

Pont actuel sur le Guiers dans le désert. (Page 275)

premier est le plus considérable, on commence à apercevoir au travers des arbres la pointe élevée des clochers du couvent et l'on ne tarde pas d'y arriver.

Pic de l'Œillette ou Aiguillette. (Page 276.)

De Saint-Laurent-du-Pont à la Grande-Chartreuse, il faut trois heures et demie. On marche lentement, en effet; on s'arrête souvent pour admirer les forêts, les montagnes, les ruines, le torrent, en un mot toutes les beautés que la main de Dieu a répandues avec profusion dans cet admirable désert.

Nous terminerons en conjurant le voyageur de faire la route à pied ou à dos de mulet, et d'éviter avec soin les voitures qui, empêchant de voir, enlèvent ainsi à ce désert tout son charme et toute sa poésie.

FIN.

TABLE.

FIN DE LA TABLE.

10733 — IMPRIMERIE GÉNÉRALE DE CH. LAHURE
Rue de Fleurus, 9, à Paris

BIBLIOTHÈQUE ROSE ILLUSTRÉE

(suite)

Le Sage. *Aventures de Gil Blas*, édition destinée à l'adolescence. 1 vol. 42 vignettes.

Loyal serviteur (Le). *Histoire du chevalier Bayard.* 1 volume illustré

Mac Intosch (Miss). *Contes américains*, trad. par Mme Diouis. 2 vol. 120 vign. par E. Bayard.

Maistre (Xavier de). *OEuvres choisies.* 1 vol. 20 vignettes par Bayard

Marcel (Mme Jeanne) *Les petits vagabonds.* 1 vol. 25 vignettes par E. Bayard.
— *Histoire d'un cheval de bois.* 1 vol. 20 vignettes par E. Bayard.

Marc-Monnier. *Pompéi et les Pompéiens.* 1 vol. 20 vign. par Thérond.

Martin. *Les contes allemands*, imités de Hébel et de Karl Simrock. 1 vol. 25 vignettes par Bertall.

Mayne-Reid (le capitaine) Ouvrages traduits de l'anglais.
— *A fond de cale !* 1 vol. 12 vignettes.
— *A la mer !* 1 vol. 12 vign.
— *Bruin, ou les chasseurs d'ours*, 1 vol. 8 vignettes.
— *Le chasseur de plantes*, 1 vol. 12 vign.
— *Les exilés dans la forêt*, 1 vol. 12 vign.
— *Les grimpeurs de rochers*, 1 vol. 20 vignettes.
— *Les peuples étranges.* 1 vol. 8 vignettes.
— *Les vacances des jeunes Boers.* 1 vol. 12 vignettes.
— *Les veillées de chasse.* 1 vol. 43 vign.
— *L'Habitation du désert*, ou Aventures d'une famille perdue dans les solitudes de l'Amérique. 1 vol. 24 vignettes par Gustave Doré.

Molière. *OEuvres choisies* et abrégées à l'usage de la jeunesse. 22 vignettes sur bois par E. Hillemacher. 2 vol.

Pape-Carpentier (Mme). *Histoires et leçons de choses pour les enfants.* 1 vol illustré de 80 vignettes.

Perrault, Mmes d'Aulnay, Le prince de Braumont. *Contes de Fées.* 1 vol. 40 vignettes par Bertall.

Porchat. *Contes merveilleux.* 2e édition. 1 vol. 21 vignettes par Bertall.

Pitray, née de Ségur (Mme la v^{te}comtesse de). *Les Enfants des Tuileries.* 1 vol. 25 vignettes par E. Bayard.
— *Les Débuts du gros Phéléas.* 1 vol. 57 vignettes par H. Castelli.

Plutarque. *Les Grecs illustres*, édité en abrégée sur la traduction de M. Talb t, par Alph. Feillet, et illustrée de vign. par P. Sellier.

Retz (cardinal de). *Mémoires abrégés* par A ph. Feillet, 39 vignettes par Gilbert. 1 volume.

Ségur (Mme la comtesse de). *Nouveaux contes de fées.* 4e édition. 1 vol. 46 vignettes par G. Doré et H. Didier.
— *Mauvais Génie.* 1 vol. 80 vignettes par E. Bayard.
— *Quel amour d'enfant !* 1 vol. 74 vignettes par E. Bayard.
— *La Fortune de Gaspard.* 1 vol. 33 vignettes par Gerlier.
— *Comédies et Proverbes.* 1 vol. 60 vignettes par E. Bayard.
— *François le Bossu.* 2e édition. 1 vol. 100 vignettes par E. Bayard.
— *Jean qui grogne et Jean qui rit.* 1 vol. 80 vignettes par Castelli.
— *La Sœur de Gribouille.* 2e édition. 1 vol. 70 vign. par Castelli.
— *L'Auberge de l'Ange-Gardien.* 3e édition. 1 vol. 75 vignettes par Foulquier.
— *Le général Dourakine.* 3e édition. 1 vol 103 vignettes par E. Bayard.
— *Les Bons Enfants.* 3e édition. 1 vol. 70 vignettes par Feroglio.
— *Les Deux Nigauds.* 3e édition. 1 vol. 70 vignettes par Castelli.
— *Les Malheurs de Sophie.* 4e édition. 1 vol. 42 vign. par Castelli.
— *Les Petites Filles modèles.* 5e édition. 1 vol. 21 gr. vignettes par Bertall.
— *Les Vacances.* 4e édition. 1 vol. 40 vignettes par Bertall.
— *Mémoires d'un Ane.* 6e édition. 1 vol. illustré par Castelli.
— *Pauvre Blaise.* 1 vol. 76 vignettes par H. Castelli.
— *Un bon petit Diable.* 1 vol. 100 vignettes par H. Castelli.

Speke. *Les Sources du Nil*, édition abrégée des Voyages de Speke et de Grant. 1 vol. 24 vignettes et 3 cartes.

Stolz (Mme de). *Le Trésor de Nanette.* 1 vol. 33 vign. par E. Bayard.

Swift. *Voyages de Gulliver à Lilliput, à Broodingnag et au pays des Houyhnhnms*, abrégés à l'usage des enfants. 1 vol. 57 vignettes

Taulier. *Les Robinsons de la Grande-Chartreuse.* 1 vol. 40 vign. par E. Bayard et Hubert-Clerget.

Tournier. *Les Enfantines*, poésies à l'usage de la jeunesse. 20 vignettes par Gustave Roux.

Vambéry (Arminius). *Voyage d'un faux Derviche dans l'Asie centrale*, édition abrégée. 1 vol. 16 vignettes et 1 carte.

Vimont (Ch.). *Histoire d'un navire.* 4e éd. 1 vol. 40 vignettes par Alex. Vimont.

Virgile. *OEuvres choisies*, traduites et abrégées par Th. Barrau et Alph. Feillet. 1 vol. 40 vignettes par Sellier.

www.ingramcontent.com/pod-product-compliance
Lightning Source LLC
Chambersburg PA
CBHW071805020726
47502CB00004B/1004